Debesis I

«Tā bija dievišķā godībā;
tās spožums bija kā visdārgākā akmens spožums,
kā kristāldzidrs jaspids.»
(Jāņa Atklāsmes grām. 21:11)

Debesis I

Tikpat Skaidras Un Brūnišķīgas Kā Kristāls

Doktors Džejs Roks Lī.

Debesis I: Tikpat Skaidras Un Brīnišķīgas Kā Kristāls:
doktors Džejs Roks Lī.
Izdots «Urim Buks» (Pārstāvis: Ki Jonas Tei Ro).
73, Yeouidaebang-ro 22-gil, Dongjaka-Gu, Seula, Koreja.
www.urimbooks.com

Visas tiesības aizsargātas ar starptautisko likumdošanu par autortiesībām. Šī grāmata, pilnībā vai daļēji, nedrīkst būt pavairota nekādā formā, saglabāta meklētāj sistēmā vai pārveidota jebkādā elektroniskā formātā ar mehānisko apstrādi, fotokopēšanu, ierakstu vai kaut kā savādāk bez rakstiskas izdevēja atļaujas.

Visi citāti no Svētajiem Rakstiem, ja nav pateikts savādāk, ņemti no Bībeles klasiskā tulkojuma.
Autortiesības © 2016 dr. Džeja Roka Lī
ISBN: 979-11-263-0046-4 04230
ISBN: 979-11-263-0045-7 (set)
Tulkojuma Autortiesības © 2014 dr. Estere K. Čanga. Izmantots ar atļauju.

Izdots korejiešu val. izdevniecībā «Urim Books» Seulā, Korejā 2002. gadā.

Pirmoreiz izdots 2016 janvāris.

Redaktors: dr. Džeums San Vins.
Dizains Redakcijas birojs «Urim Books»
Tirāža nodrukāta izdevniecības kompānijā «Uon Printing Kompani», Seula, Koreja.
Pēc papildus informācijas vērsties elektroniskajā pastā: urimbook@hotmail.com

Priekšvārds

Mīlestības Dievs ne tikai virza katru ticīgo pa glābšanas ceļu, bet arī atklāj Debesu noslēpumus.

«Kur es nokļūšu pēc nāves? Vai patiešām eksistē Debesis un elle?» Tamlīdzīgus jautājumus cilvēks sev uzdod vismaz vienu reizi dzīvē. Daudzi nomirst pirms vēl atraduši atbildes uz šiem jautājumiem.

Daudzi, ticot aizkapa dzīvei, neiegūs Debesis, jo ne katram cilvēkam ir nepieciešamās zināšanas. Debesis un elle – tā nav fantāzija, bet garīgās valstības īstenība. Debesis – brīnišķīga, ne ar ko nesalīdzināma vieta.

Jaunās Jeruzalemes skaistumu, kur novietots Dieva Tronis, un tur dzīvojošo ļaužu laimi nav iespējams aprakstīt. Tur viss izgatavots no labākajiem materiāliem, visaugstākās meistarības līmenī.

Elle ir pilna ar bezgalīgām, briesmīgām sāpēm un mūžīgo sodu; tās baismīgā īstenība sīki aprakstīta grāmatā «Elle.» Jēzus Kristus un apustuļi liecināja par Debesīm un elli, un pat šodien par tām sīki stāsta Dieva ļaudis, kuri patiesi tic Viņam.

Debesis – vieta, kur Dieva bērni bauda mūžīgo dzīvi, tiem sagatavotas brīnišķīgas un brīnumu pilnas mājvietas. Sīki uzzināt par Debesīm var tikai, ja jums to atļaus Dievs un parādīs tās.

Septiņu gadu garumā es gavēju un lūgšanās prasīju Dievam atklāt man Debesis, un sāku saņemt no Viņa atbildes. Tagad Dievs parāda man vēl vairāk garīgās valstības noslēpumus, atklāj to dziļumu.

Tā kā Debesis ir neredzamas, tās ļoti grūti aprakstīt ar cilvēcisko valodu, lietojot šīs pasaules zināšanas. Sakarā ar to var rasties arī kādi pārpratumi. Tieši tādēļ apustulis Pāvils nestāstīja sīki par Paradīzi, Trešajām Debesīm, kas atklājās viņam parādībā.

Dievs tāpat mācīja man daudzus Debesu noslēpumus. Daudz mēnešus es sludināju par laimīgo dzīvi debesu mājvietās un balvu Debesīs, kuru ticīgie saņems saskaņā pēc savas ticības mēra. Tomēr stāstīt par visu, ko biju uzzinājis, nedrīkstēju.

Iemesls, kura dēļ Dievs atļauj man šajā grāmatā atklāt garīgās valstības noslēpumus, ir tajā, ka tas palīdzēs izglābt daudzas, daudzas dvēseles un virzīt tās uz Debesīm, skaidrām un brīnišķīgām kā kristāls.

Visu pateicību un slavu par grāmatu *«Debesis I: Tikpat Skaidras Un Brīnišķīgas Kā Kristāls»*, es veltu Dievam. Ceru, ka jūs sapratīsiet lielo Dieva mīlestību, kurš parāda jums Debesu noslēpumus un ved visus ļaudis pa glābšanas ceļu, lai arī jūs varētu iegūt Debesis. Es tāpat ceru, ka jūs tiecaties uz mērķi mūžīgi dzīvot Jaunajā Jeruzalemē.

Pienesu pateicību Džeumam San Vinam, Redkolēģijas direktoram un tulkojumu Birojam par padarīto darbu pie šīs grāmatas izdošanas. Kunga Jēzus Kristus Vārdā es lūdzu Dievu, lai ar šīs grāmatas palīdzību daudzas dvēseles izglābtos un saņemtu mūžīgās dzīves prieku Jaunajā Jeruzalemē.

Džejs Roks Lī.

Ievads

Ceru, ka katrs no jums izpratīs Dieva pacietīgo mīlestību, saņems gara pilnību un sāks tiekties uz Jauno Jeruzalemi.

Visu pateicību un slavu es dodu Dievam, kurš vada daudzus ļaudis uz to, lai viņi pienācīgā veidā uzzinātu par garīgo valstību un tiektos uz mērķi, ar cerību uz Debesīm, izlasot grāmatas *«Elle»* un *«Debesis.»*

Šī grāmata sastāv no desmit nodaļām, un tajā detalizēti stāstīts par dzīvi dažādās Debesu vietās un to skaistumu, par balvu saskaņā ar katra cilvēka ticības mēru. Šeit aprakstīts tas, ko Svētā Gara iedvesmā, Dieva atklāja mācītājām, doktoram Džejam Rokam Lī.

1. Nodaļa, «Debesis: Tikpat Skaidras Un Brīnišķīgas Kā Kristāls» aprakstīta mūžīgā laime Debesīs. Šeit dots kopējais Debesu apskats, kur jau vairs nebūs vajadzīga ne saules, ne mēness gaisma.

2. Nodaļa, «Ēdenes dārzs un Gaidīšanas Vieta Debesīs»

izskaidro atrašanos, izskatu un dzīvi Ēdenes dārzā, palīdzot jums labāk izprast Debesis. Šajā nodaļā tāpat runāts par Dieva nodomu un to izpildi, iestādot «laba un ļauna atzīšanas koku» un garīgi attīstot ļaudis. Šeit arī aprakstīta Gaidīšanas Vieta, kur līdz Tiesas Dienai atrodas izglābtie ļaudis un tāpat dzīve šajā vietā. Stāstīts, kuri no ļaudīm nekavējoši, bez jebkādas gaidīšanas nokļūst Jaunajā Jeruzalemē.

3. Nodaļa, «Septiņgadu Kāzu mielasts» stāstīts par Otro Jēzus Kristus Atnākšanu, Septiņiem Lielo Bēdu gadiem, Kunga atgriešanos uz zemes, Tūkstošgadu Valsti un mūžīgo dzīvi pēc šiem notikumiem.

4. Nodaļa, «Debesu noslēpumi, apslēpti no Radīšanas iesākuma», atklāj noslēpumus, par kuriem kļuva zināms pateicoties Jēzus līdzībām un stāsta, kā iegūt Debesis, par vietu, kur ir daudz mājokļu.

5. Nodaļa, «Kā mēs dzīvosim Debesīs?», stāsta kāds izrādīsies garīgā ķermeņa augums, svars un ādas krāsa un, kā mēs dzīvosim. Ar dažādu priecīgās dzīves Debesīs piemēru palīdzību, šī nodaļa tāpat pārliecina jūs par to, ka vajag aktīvi tiekties uz Debesīm, liekot uz tām lielu cerību.

6. Nodaļa, «Paradīze» izskaidro Paradīzi, kura ir pats zemākais līmenis Debesīs, un tomēr tā ir daudz skaistāka un laimīgāka par šo pasauli. Šeit izskaidrots, kādi ļaudis nokļūs Paradīzē.

7. Nodaļa, «Pirmā Debesu Valstība» atklāj dzīvi un balvu Pirmajā Valstībā, kurā nokļūs ļaudis, kuri pieņēmuši Jēzu Kristu un centušies dzīvot saskaņā ar Dieva Vārdu.

8. Nodaļa, «Otrā Debesu Valstība» vēsta par dzīvi un balvu Otrajā Valstībā, kur atrodas tie, kuri nav kļuvuši svēti pilnībā, bet spējuši izpildīt savus pienākumus. Šajā nodaļā tāpat pasvītrota paklausības nozīme un sava pienākuma izpilde.

9. Nodaļa, «Trešā Debesu Valstība» atklāj Trešās Valstības skaistumu un godību, kuru nevar salīdzināt ar Otro Valstību. Trešā Valstība – vieta tikai priekš tiem, kas atmetuši visus savus grēkus, grēcīgo dabu, pieliekot pūles un saņemot Svētā Gara palīdzību. Šeit izskaidrota Dieva mīlestība, kurš pieļauj pārbaudījumus un bēdas.

10. Nodaļa, «Jaunā Jeruzaleme» parāda Jauno Jeruzalemei, pašu brīnišķīgāko un varenāko vietu Debesīs, kur novietots Dieva Tronis. Šī nodaļa apraksta ļaudis, kuri nokļūs Jaunajā Jeruzalemē.

Nodaļas nobeigumā autors dod lasītājiem cerību minot, kā piemēru, divu cilvēku mājvietas Jaunajā Jeruzalemē.

Saviem iemīļotajiem bērniem Dievs sagatavojis Debesis, kuras ir tikpat skaidras un brīnišķīgas kā kristāls. Viņš grib, lai daudzi ļaudis izglābtos un priecājas par gaidāmo satikšanos ar Saviem bērniem Jaunajā Jeruzalemē.

Tā Kunga vārdā es ceru, ka visi šīs grāmatas *«Debesis 1: Tikpat Skaidras Un Brīnišķīgas Kā Kristāls»* lasītāji, izpratīs vareno Dieva mīlestību, saņems gara pilnību un izmainīsies savās sirdīs, kļūstot līdzīgi Kunga sirdij neatlaidīgi tieksies uz Jauno Jeruzalemi.

Džeums San Vins
Redkolēģijas direktors.

Saturs

Forord
Ievads

1. Nodaļa. **Debesis: Tikpat Skaidras Un Brīnišķīgas Kā Kristāls • 1**
  1. Jaunās Debesis un Jaunā Zeme
  2. Dzīvības Ūdens upe
  3. Dieva un Jēra Tronis

2. Nodaļa. **Ēdenes dārzs un Gaidīšanas Vieta Debesīs • 19**
  1. Ēdenes dārzs, kur dzīvoja Ādams
  2. Ļaudis, kuri attīstās uz zemes
  3. Debesu Gaidīšanas Vieta
  4. Ļaudis, kuri nav Gaidīšanas Vietā

3. Nodaļa. **Septiņgadu Kāzu mielasts • 43**
  1. Jēzus atgriešanās un Septiņgadu Kāzu mielasts
  2. Tūkstošgadu miera Valsts
  3. Apbalvošana ar Debesīm pēc Tiesas Dienas

4. Nodaļa. **Debesu noslēpumi, apslēpti no Radīšanas iesākuma • 63**
  1. Debesu noslēpumi, atklātie no Jēzus Kristus laika
  2. Debesu noslēpumi «laiku beigās»
  3. Mana Tēva namā – daudz mājokļu

5. Nodaļa. **Kā mēs dzīvosim Debesīs?** • 87
  1. Dzīvesveids Debesīs
  2. Drēbes Debesīs
  3. Ēdiens Debesīs
  4. Transports Debesīs
  5. Izklaides Debesīs
  6. Pielūgsme, izglītība, kultūra Debesīs

6. Nodaļa. **Paradīze** • 109
  1. Paradīzes skaistums un laime
  2. Kas nokļūs Paradīzē?

7. Nodaļa. **Pirmā Debesu Valstība** • 123
  1. Tās skaistums un laime pārspēj Paradīzi
  2. Kas nokļūs Pirmajā Debesu Valstībā?

8. Nodaļa. **Otrā Debesu Valstība** • 135
  1. Brīnišķīga personīgā māja katram
  2. Kas nokļūs Otrajā Debesu Valstībā?

9. Nodaļa. **Trešā Debesu Valstība** • 149
  1. Eņģeļi kalpo katram Dieva bērnam
  2. Kas nokļūs Trešajā Debesu Valstībā?

10. Nodaļa. **Jaunā Jeruzaleme** • 163
  1. Jaunās Jeruzalemes iedzīvotāji redz Dievu vaigā
  2. Kas nokļūs Jaunajā Jeruzalemē

1. Nodaļa.

Debesis: Tikpat Skaidras Un Brīnišķīgas Kā Kristāls

1. Jaunās Debesis un Jaunā Zeme
2. Dzīvības Ūdens upe
3. Dieva un Jēra Tronis

«Viņš man rādīja dzīvības ūdens upi,
tā bija skaidra kā kristāls
un iztecēja no Dieva un Jēra goda krēsla.
Viņas ielas vidū un upes abās pusēs bija
dzīvības koks,
tas nesa augļus divpadsmit reizes,
katru mēnesi savu augli,
un viņa lapas bija tautām par dziedināšanu.
Nekas tur nebūs vairs nolādēts.
Tur stāvēs Dieva un Viņa Jēra tronis,
un Viņa kalpi Tam kalpos.
Tie skatīs Viņa vaigu,
un Viņa Vārds būs tiem uz pierēm.
Tur nebūs vairs nakts, ne sveces,
ne saules gaisma tiem nebūs vajadzīga,
jo Kungs Dievs izlies gaismu pār viņiem,
un viņi valdīs mūžīgi mūžam.»

- Jāņa Atklāsmes grāmata 22:1-5 -

Daudzi ļaudis jautā: «Teikts, ka mums būs mūžīgi laimīga dzīve Debesīs. Bet kur tas ir?» Ja jūs esat dzirdējuši to liecības, kas bijuši Debesīs, tad jums ir zināms, ka lielākā daļa no ļaudīm iziet caur garu tuneli. Tas ir no tā, ka Debesis atrodas garīgajā sfērā, kura ļoti atšķiras no pasaules, kurā jūs dzīvojat.

Dzīvojošie mūsu trīsdimensiju pasaulē, nevar skaidri stādīties priekšā Debesis. Jums kļūst zināms par šo apbrīnojamo sfēru, kas pārsniedz trīsdimensiju pasauli tikai tad, kad par to stāsta Dievs, vai, kad jums atveras garīgā redze. Ja jums ir sīka informācija par šo garīgo valstību, tad ne tikai jūsu dvēsele gūs sekmes un zels, bet arī jūsu ticība sāks ātri pieaugt, un Dievs jūs mīlēs. Tāpēc ar daudzu līdzību palīdzību Jēzus stāstījis par debesu noslēpumiem, bet apustulis Jānis sīki vēsta par Debesīm Atklāsmes grāmatā.

Kas tas ir Debesis un, kā tur dzīvos ļaudis? Jūs varēsiet uz īsu mirkli ieraudzīt Debesis, «tikpat skaidras un brīnišķīgas kā kristāls,» kur Dievs gatavojas uz mūžīgiem laikiem dalīt Savu mīlestību ar Saviem bērniem.

1. Jaunās Debesis un Jaunā Zeme

Pirmās debesis un pirmā zeme, kuru Dievs radīja, bija tikpat skaidra un brīnišķīga kā kristāls, bet pirmā cilvēka Ādama nepaklausības dēļ, tās tika nolādētas. Ātrā rūpniecības – tehnoloģiskā attīstība, kas pārņēma visas cilvēka dzīves sfēras, apgānīja šo zemi, tāpēc šodien daudzi aicina saudzēt dabu.

Kad pienāks laiks, Dievs noraidīs pirmās debesis un zemi,

un parādīs jaunās Debesis un jauno zemi. Lai arī šī zeme kļuvusi apgānīta un samaitāta, tā vēl arvien nepieciešama, lai attīstītu patiesus Dieva bērnus, kuri varēs nokļūt Debesīs.

No iesākuma Dievs radīja zemi, tad cilvēku un atveda viņu uz Ēdenes dārzu. Dievs iedeva viņam maksimālo brīvību un pārpilnību, atļaujot viņam visu, izņemot augļu ēšanu no «laba un ļauna atzīšanas koka.» Un tomēr cilvēks pārkāpa vienīgo Dieva aizliegumu, par ko bija izraidīts no Ēdenes uz šo pasauli, pirmajām debesīm un pirmo zemi.

Tā kā Visvarenais Dievs zināja, ka cilvēki aizies pa nāves ceļu, jau pirms laiku iesākuma, Viņš sagatavoja Jēzu Kristu un atbilstošā laikā sūtīja Viņu uz mūsu zemi.

Tas, kas pieņem Jēzu Kristu, kurš piesists krustā un augšāmcēlies, pārvērtīsies par jaunu radījumu un nokļūs jaunajās Debesīs un jaunajā zemē un iegūs mūžīgo dzīvi.

Jauno Debesu gaišzilās debesis, skaidras kā kristāls

Jaunās debesu Debesis, kuras sagatavojis Dievs, piepildītas ar tīru gaisu, tās būs tiešām skaidras, tīras un caurspīdīgas atšķirībā no šīs pasaules gaisa. Iedomāsimies skaidras un augstas debesis ar tīriem, baltiem mākoņiem.

Cik brīnišķīgas un lieliskas tās būs! Bet kāpēc Dievs veidos jaunās debesis gaiši zilas? Garīgajā nozīmē gaišzilā krāsa mudina jūs izjust dziļumu, augstumu un tīrību. Ļoti tīrs ūdens tāpat liekas gaiši zils. Kad jūs skatieties uz gaišzilajām debesīm, tad sajūtat, kā atjaunojas jūsu sirds. Dievs atļāvis šīs pasaules debesīm šķist gaišzilām, tāpēc ka arī jūsu sirdi Viņš radījis tīru un devis jums vēlēšanos meklēt Radītāju. Ja lūkojoties uz gaišzilajām, skaidrajām debesīm jūs atzīstat: «Tur vajadzētu būt manam Radītājam. Viņš radījis tādu skaistumu!», – jūsu sirds attīrīsies, un jums radīsies vēlme dzīvot pareizu dzīvi.

Bet, ja visas debesis liktos dzeltenas? Tā vietā, lai justu komfortu, skatoties uz debesīm, ļaudis sajustos sevī dīvaini un neveikli, bet daži saskartos ar psiholoģiskām problēmām. Dažādas krāsas dažādi ietekmē cilvēka psihi. Tieši tāpēc Dievs radīja jaunās Debesis gaiši zilas un novietoja tur tīrus baltus mākoņus, lai Viņa bērni iegūtu laimīgu dzīvi, un tiem būtu tīras un brīnišķīgas kā kristāls sirdis.

Jauno Debesu zeme, radīta no tīra zelta un dārgakmeņiem

Kāda būs jaunā zeme Debesīs? Jaunajā Debesu zemē, kuru Dievs radījis tīru un skaidru kā kristāls, nebūs netīrumu vai putekļu. Jaunā zeme sastāv tikai no tīra zelta un dārgakmeņiem. Cik brīnumaini būs atrasties Debesīs, kur mirdzēs ceļi, kas radīti no tādiem materiāliem!

Mūsu zemi pārklāj grunts, kas ar laiku mainās. Tāda mainība liecina par iznīcību un nāvi. Dievs ļauj visiem augiem, kuri parādās no augsnes, nest augļus un novīt, krītot zemē, lai jūs varētu saprast: dzīvei uz šīs zemes pienāk beigas.

Debesis radītas no tīra zelta un dārgakmeņiem, kuri nemainās, tāpēc ka Debesis – patiesa un mūžīga pasaule. Tāpat kā uz šīs zemes parādās augi, tie augs arī Debesīs, ja tos iestādīs.

Tomēr tur šie stādi nekad nenovītīs un neies bojā atšķirībā no šīs zemes. Un vēl, pat pakalni un pilis tur veidotas no tīra zelta un dārgakmeņiem. Cik tas būs skaisti! Esiet ar patiesu ticību, lai nepalaistu garām Debesu skaistumu un laimi, kuru nevar adekvāti aprakstīt ne ar kādiem vārdiem.

Pirmo Debesu un Pirmās zemes izzušana

Kas notiks ar pirmajām debesīm un pirmo zemi, kad parādīsies šīs brīnišķīgās jaunās Debesis un jaunā zeme?

«Tad es redzēju lielu goda krēslu un To, kas tanī sēdēja; no Viņa vaiga bēga zeme un debess, un tiem nebija kur palikt» (Jāņa Atklāsmes 20:11).

«Es redzēju jaunas debesis un jaunu zemi, jo pirmā debess un pirmā zeme bija zudusi un jūras vairs nav» (Jāņa Atklāsmes 21:1).

Kad ļaudis nostāsies laba un ļauna tiesas priekšā, pirmās debesis un zeme pazudīs. Tas nenozīmē, ka tās pilnībā izzudīs, tās pārvietos uz citu vietu.

Kāpēc Dievs pārvietos pirmās Debesis un pirmo zemi, bet neiznīcinās tās pilnīgi? Tas ir tāpēc, ka, ja Viņš pilnībā iznīcinātu tās, Viņa bērniem, kas dzīvos Debesīs, varētu pietrūkt pirmo Debesu un zemes. Lai arī uz zemes un Pirmajās debesīs viņi pārcieta bēdas un grūtības, viņi skums pēc tām, tāpēc ka kādreiz šeit bija viņu mājas. Zinot par to, mīlestības Dievs pārvietos tās uz citu visuma daļu, un pilnībā tās neiznīcinās.

Visums, kur jūs dzīvojat, ir bezgalīga pasaule un eksistē ļoti daudz citu pasauļu. Tā ka Dievs pārvietos pirmās Debesis un pirmo zemi uz vienu no visuma nostūriem un atļaus Saviem bērniem nepieciešamības gadījumā apmeklēt tās.

Nebūs asaru, bēdu, nāves vai slimību

Jaunās Debesis un jaunā zeme, kur dzīvos Dieva bērni, izglābtie ticībā, nekad vairs nebūs pakļautas jaunam lāstam un vienmēr būs laimes piepildītas. Jāņa Atklāsmes grāmatā 21: 3-4 mēs lasām, ka Debesīs nebūs asaru, bēdu, nāves vai slimību, tāpēc ka tur ir klātesošs Dievs.

«Un es dzirdēju stipru balsi no troņa sakām: „Redzi, Dieva mājoklis pie cilvēkiem. Viņš mājos viņu vidū, un tie būs Viņa ļaudis, un Dievs pats būs ar viņiem. Viņš nožāvēs visas asaras no viņu acīm, nāves vairs nebūs, nedz bēdu, nedz vaidu, nedz sāpju vairs nebūs, jo kas bija, ir pagājis.»

Iedomājieties, ka jūs atrodaties spiedošos materiālos apstākļos un jums un jūsu bērniem nav ko ēst. Kāds jums labums no tā, ka kāds atnāks un pateiks: «Jūs esat izsalkuši, un raudat no bēdām,» – noslaucīs jums asaras, bet neko jums neiedos? Kā var jums palīdzēt? Nepieciešams pabarot jūs, lai jūs un jūsu bērni neciestu badu. Tikai pēc tam jūs pārtrauksiet raudāt.

Līdzīgā veidā vārdi par to, ka Dievs noslaucīs katru asaru no jūsu acīm, nozīmē, ka ja jūs esat izglābti un dodaties uz Debesīm, tad jums vairāk nebūs nemiera vai uztraukumu, tāpēc ka Debesīs nav asaru, bēdu, nāves, skumju vai slimību.

Vai cilvēks tic Dievam vai nē, viņam nākas pārciest uz šīs zemes bēdas. Pat piedzīvojot nelielus zaudējumus, pasaules ļaudis ir stipri sarūgtināti. Ticīgie ar mīlestību un žēlsirdību bēdāsies par tiem, kas vēl joprojām nav izglābti. Taču, tiklīdz jūs nonāksiet Debesīs, jums jau vairs nevajadzēs baidīties no nāves, vai satraukties par citu ļaužu grēcīgiem darbiem un par viņu gaidāmo mūžīgo nāvi. Nav nepieciešamības ciest no grēkiem, tāpēc bēdu nebūs.

Uz šīs zemes jūs vaidat no bēdām. Debesīs jūs nevaimanāsiet no bēdām, jo tur nebūs slimību vai raižu. Jūs sagaida mūžīga laime.

2. Dzīvības Ūdens upe

Dzīvības ūdens upe Debesīs, skaidra kā kristāls, plūst pa lielās ielas vidu. Jāņa Atklāsmes grāmatā 22:1-2 ir aprakstīta dzīvības ūdens upe, un mēs varam būt laimīgi vienkārši iedomājoties to:

> «*Viņš man rādīja dzīvības ūdens upi, tā bija skaidra kā kristāls un iztecēja no Dieva un Jēra goda krēsla. Viņas ielas vidū un upei abās pusēs bija dzīvības koks, tas nesa augļus divpadsmit reizes, katru mēnesi savu augli, un viņa lapas bija tautām par dziedināšanu.*»

Kādreiz man bija iespēja peldēt ļoti tīrā ūdenī Klusajā okeānā. Ūdens bija tik caurspīdīgs, ka varēja redzēt augus un ķert zivis. Tas izrādījās tik skaisti, ka es biju vienkārši laimīgs tur atrodoties. Pat šajā pasaulē, skatoties uz tīru ūdeni, jūs spējat sajust, kā jūsu sirds kļūst atjaunota un attīrīta. Cik daudz laimīgāki jūs būsiet Debesīs, kur lielās ielas vidū tek dzīvības ūdens upe, caurspīdīga kā kristāls!

Dzīvības ūdens upe

Pat šajā pasaulē, ja jūs skatāties uz tīru jūras ūdeni, tā virsma atstaro gaismu, kura brīnumaini mirdz. Dzīvības ūdens upe Debesīs izskatās no tālienes gaiši zila, bet, ja paskatīties uz to no tuvāka attāluma, tā ir tik caurspīdīga, brīnišķīga, nevainojama un tīra, ka to var izteikt ar vārdiem «tikpat skaidra kā kristāls.»

Kāpēc tad šī ūdens upe iztek no Dieva un Jēra Troņa? Garīgā nozīmē ūdens attiecas uz Dieva Vārdu, kurš ir dzīvības barība, un caur to jūs saņemat mūžīgo dzīvību. Jāņa Evaņģēlijā 4:14 Jēzus saka: *«Bet, kas dzers no tā ūdens, ko es tam došu, tam ne mūžam vairs neslāps, bet ūdens, ko es tam došu, kļūs viņā par ūdens avotu, kas verd mūžīgai dzīvei.»* Dieva Vārds – mūžīgās dzīvības ūdens, kurš dod jums dzīvību, un tieši tāpēc dzīvā ūdens upe iztek no Dieva un Jēra Troņa.

Kāda garša ir dzīvības ūdenim? Tā ir salda, jums nav ar ko uz šīs pasaules to salīdzināt un dzerot to, jūs sajūtat lielu enerģijas pieplūdumu. Dievs deva ļaudīm dzīvības ūdeni, bet pēc Ādama krišanas grēkā ūdens uz šīs zemes arī tika nolādēts. No tā laika ļaudis šeit nevar dzert dzīvības ūdeni. Jums radīsies tāda izdevība tikai tad, kad nokļūsiet Debesīs. Ļaudis uz zemes dzer netīru ūdeni un meklē mākslīgos dzērienus tīra ūdens vietā. Ūdens uz zemes nekad nedos cilvēkam mūžīgo dzīvību, to dāvā dzīvības ūdens Debesīs, Dieva Vārds. Tas ir saldāks par medu, kas tek no šūnām, un stiprina jūsu garu.

Visas upes plūst apkārt Debesīm

Dzīvības ūdens upe, kura iztek no Dieva un Jēra Troņa ir

kā asinis, kas cirkulē mūsu ķermenī, uzturot tajā dzīvību. Tā plūst cauri visām Debesīm pa platas ielas vidu un atgriežas pie Dieva Troņa. Kāpēc gan dzīvības ūdens upe plūst apkārt visām Debesīm, ejot pa platas ielas vidu? Vispirms, šī dzīvības ūdens upe – pats vienkāršākais veids, kā sasniegt Dieva Troni. Tāpēc, lai nokļūtu Jaunajā Jeruzalemē, kur novietots Dieva Tronis, katrā upes malā vajag vienkārši sekot pa ielu, kas veidota no tīra zelta.

Otrkārt, ceļš uz Debesīm atrodas Dieva Vārdā, un jūs esat spējīgi tur nokļūt tikai tad, kad ejat šo Dieva Vārda ceļu. Jo Jāņa Evaņģēlijā 14:6, Jēzus saka: *«Es esmu ceļš, patiesība un dzīvība, neviens netiek pie Tēva, kā vien caur mani,»* – tas arī ir ceļš uz Debesīm, Dieva Vārda patiesībā. Kad jūs rīkojaties saskaņā ar Dieva Vārdu, tad varat nokļūt Debesīs, kur plūst Dieva Vārds, dzīvības ūdens upe.

Līdzīgā veidā Dievs radījis Debesis tā, lai tikai sekojot dzīvības upei, jūs spētu sasniegt Jauno Jeruzalemi, kur novietots Dieva Tronis.

Zelta un sudraba smiltis upes malā

Kas tad atradīsies dzīvības ūdens upes krastā? Vispirms nepieciešams atzīmēt, ka zelta un sudraba smiltis krasta joslā plešas tālumā un platumā. Smiltis Debesīs apaļas un tik mīkstas, ka vispār nepielīp pie apģērba, pat ja ar tām spēlējas.

Un vēl, tur novietoti ērti soliņi, rotāti ar zeltu un dārgakmeņiem,. Jūs uz tiem sēdēsiet kopā ar saviem mīļajiem un vadīsiet svētīgas sarunas, bet brīnišķīgie eņģeļi jums kalpos.

Uz šīs zemes jūs sajūsmināties par eņģeļiem, bet tur Debesīs viņi sāks saukt jūs par «kungu» un kalpos jums. Ja sagribēsiet kādu – nebūt augli, eņģelis atnesīs to grozā, kas greznots ar dārgakmeņiem vai puķēm un tūlīt pados jums.

Un vēl, abās dzīvības ūdens upes pusēs redzamas skaistas dažāda veida puķes, putni, kukaiņi un dzīvnieki. Viņi tāpat kalpos jums kā kungam, un jūs attieksieties pret viņiem ar mīlestību. Cik brīnišķīgas un lieliskas šīs Debesis, un tāpat dzīvības ūdens upe!

Dzīvības koks katrā Upes pusē

Jāņa Atklāsmes grāmatā 22:1-2 sīki stāstīts par dzīvības koku katrā dzīvības ūdens upes pusē.

«Viņas ielas vidū un upei abās pusēs bija dzīvības koks, tas nesa augļus divpadsmit reizes, katru mēnesi savu augli un viņa lapas bija tautām par dziedināšanu.»

Kāpēc tad Dievs novietoja dzīvības koku, kas nes divpadsmit reizes augļus katrā upes pusē?

Vispirms Viņam gribas, lai visi Viņa bērni, kuri nokļuvuši Debesīs, sajustu Debesu skaistumu un dzīvību. Dievs tāpat vēlējās atgādināt viņiem par to, ka rīkojoties atbilstoši Dieva Vārdam, viņi pienes Svētā Gara augļus, tāpat kā uz šīs zemes varēja uzņemt barību pēc smaga darba.

Nepieciešams kaut ko šeit saprast. Divpadsmit reizes pienestie augļi nenozīmē, ka tik daudz reižu uz viena koka nobriest augļu raža. Šeit ir domāts augļu nobriešana uz dažāda veida dzīvības koka. No Bībeles mēs uzzinām, ka divpadsmit Izraēla ciltis bija noformētas ar divpadsmit Jēkaba dēlu palīdzību, un šīs divpadsmit izveidoja Izraēla tautu un tās tautas, kuras visā pasaulē pieņem kristietību. Pat Jēzus Kristus izvēlējās divpadsmit mācekļus, un pateicoties viņiem Evaņģēlijs tika sludināts un izplatījās visās tautās.

Tāpēc pienestie augļi dzīvības kokā divpadsmit reizes simbolizē to, ka sekojot ticībai, cilvēks no jebkuras tautas ir spējīgs pienest Svētā Gara augļus un nokļūt Debesīs.

Ja jūs nobaudīsiet no brīnišķīgajiem un gardajiem dzīvības koka augļiem, tad sajutīsiet svaigumu un laimi. Kā tikai viens auglis tiek norauts, tā vietā izaug cits, tāpēc augļi nekad nebeidzas. Dzīvības koka lapas – tumši zaļas un mirdzošas – uz visiem laikiem tādas paliek, tāpēc ka tās nenokrīt un netiek izmantotas ēšanai. Šīs zaļās un spīdīgās lapas daudz lielākas par šīs pasaules koku lapām un aug ļoti sakārtoti.

3. Dieva un Jēra Tronis

Jāņa Atklāsmes grāmatā 22:3-5 aprakstīta Dieva un Jēra Troņa atrašanās vieta Debesu vidū:

> «Nekas tur nebūs vairs nolādēts. Tur stāvēs Dieva un viņa Jēra tronis, un viņa kalpi tam kalpos. Tie skatīs viņa vaigu, un viņa vārds būs tiem uz pierēm. Tur nebūs vairs nakts, ne sveces, ne saules gaismas tiem nebūs vajadzīga, jo Kungs Dievs izlies gaismu pār visiem, un viņi valdīs mūžīgi mūžam.»

Tronis atrodas Debesu vidū

Debesis – mūžīga vieta, kur ar mīlestību un taisnību valda Dievs. Jaunajā Jeruzalemē, kas novietota Debesu vidū, atrodas Dieva un Jēra tronis. Vārds Jērs šeit attiecas uz Jēzu Kristu (2. Mozus 12:5; Jāņa 1:29; 1. Pētera 1:19). Ne katrs ir spējīgs uziet tur, kur parasti uzturas Dievs. Viņa Tronis izvietots citā dimensijā attiecībā pret Jauno Jeruzalemi. Dieva Tronis Jaunajā Jeruzalemē – vieta, kur nonāk Pats Dievs, kad Viņa bērni to pielūdz vai sēž pie svētku galda. Jāņa Atklāsmes grāmatā 4:2-3 aprakstīts, kā Dievs sēž Savā Tronī.

«Tūliņ es tapu aizrauts garā, un raugi – goda krēsls celts debesīs; goda krēslā kāds sēdēja. Tas, kas sēdēja, pēc skata līdzīgs dārgakmeņiem jaspidam un sardijam, un ap goda krēslu bija varavīksnes loks, kas izskatījās kā smaragds.»

Apkārt Tronim – divdesmit četri vecaji ar zelta vainagiem galvās, un viņi tērpti baltās drēbēs. Dieva priekšā atrodas septiņi Dieva gari un stikla jūra, līdzīga kristālam. Centrā un apkārt Tronim redzamas četras dzīvas būtnes, un tāpat liels debesu karaspēks un eņģeļi.

Un vēl, Dieva Tronis pārklāts ar gaismu. Tas ir tik skaisti, apbrīnojami, vareni, paaugstināti un lieliski, ka pārsniedz cilvēcisko saprašanu. Dieva Troņa labajā pusē – Jēra Tronis, mūsu Kunga Jēzus Kristus. Tas savā ziņā atšķiras no Dieva Troņa, bet Dieva Trīsvienībai – Tēvam, Dēlam un Svētajam Garam – viena sirds, raksturs un spēks.

Vēl sīkāk par Dieva Troni stāstīts otrajā sērijas *«Debesis»* grāmatā, kas saucās: *«Vieta – piepildīta ar Dieva Godību.»*

Nav ne nakts, ne dienas

Ar mīlestību un taisnību Dievs valda Debesīs un visumā no Sava Troņa, kurš mirdz svētā un varenā godības gaismā. Debesu vidū un blakus viņam atrodas Jēra Tronis, kurš tāpat mirdz slavas gaismā. Tāpēc Debesīm nav vajadzīga ne saule, ne mēness, ne arī kāds cits gaismas avots vai elektrība, kas tās apgaismotu. Debesīs nav ne nakts, ne dienas.

Vēstulē Ebrejiem 12:14 teikts sekojošais: *«Dzenieties pēc miera ar visiem un pēc svētas dzīves, bez kā neviens neredzēs to Kungu.»* Mateja Evaņģēlijā 5:8, Jēzus apsola, ka: *«Svētīgi sirdsšķīstie, jo tie Dievu redzēs.»*

Tāpēc tie ticīgie, kuri savā sirdī atbrīvojas no visāda veida ļaunuma, pilnībā paklausa Dieva Vārdam, varēs ieraudzīt Dieva vaigu. Cik daudz viņi kļuvuši līdzīgi Kungam, par tik šajā pasaulē viņiem būs svētības, un Debesīs šie ļaudis nokļūs tuvāk Dieva Tronim.

Cik laimīgi būs tie, kuri varēs ieraudzīt Dieva vaigu, kalpot Viņam un mūžīgi atrasties mīlestībā! Bet tieši tāpat, kā jūs nevarat skatīties uz spilgto sauli, jūs nevarēsiet ieraudzīt tuvumā Dieva vaigu, ja nelīdzināsieties Kunga sirdij.

Mūžīgā laime Debesīs

Debesīs var baudīt patiesu laimi visā, lai ko jūs darītu, tāpēc ka tas – labākā Dieva dāvana, tā sagatavota ar pāri plūstošu Viņa mīlestību pret Saviem bērniem. Eņģeļi kalpos Dieva bērniem, jo par to rakstīts Vēstulē Ebrejiem 1:14: *«Vai tie visi nav kalpotāji gari, izsūtāmi kalpošanai to labā, kam jāmanto pestīšana?»* Tā kā ļaužu ticības mērs ir atšķirīgs, viņu māju izmērs un kalpojošo eņģeļu skaits atšķirsies atbilstoši tai pakāpei, kādā cilvēks kļuvis līdzīgs Dievam.

Viņiem kalpos kā prinčiem vai princesēm, jo eņģeļi varēs saprast sava saimnieka domas, kuram viņi nozīmēti par palīgiem un gatavot to, ko viņš sagribēs. Un vēl Dieva bērnus mīlēs dzīvnieki un augi, kalpojot tiem. Dzīvnieki Debesīs bez ierunām sāks paklausīt Dieva bērniem, cenšoties izpatikt viņiem, tāpēc ka dzīvniekos nebūs naida.

Bet augi Debesīs? Katru reizi, kad Dieva bērni tuvojas augiem, tie izdala brīnišķīgu un unikālu aromātu. Puķes atdod Dieva bērniem savu labāko smaržu, un tā izplatās pat uz attālām vietām.

Aromāts, pēc tam, kad to izdalījuši augi, ātri atjaunojas. Divpadsmit veida dzīvības koka augļi ir ar savu neatkārtojamu garšu. Puķu aromāts vai dzīvības koka auglis atjauno cilvēku un dara viņu laimīgu. Mūsu pasaulē to nevar ne ar ko salīdzināt.

Tāpat, atšķirībā no šīs zemes augiem, Debesīs puķes smaida tad, kad tām tuvojas Dieva bērni. Tās pat dejos savam saimniekam un ļaudis varēs ar tām kontaktēties.

Pat, ja kāds noraus puķi, tad ar to nekaitēs augam, jo Dieva spēkā puķe tiks atjaunota. Norautais zieds izkusīs gaisā un izgaisīs. Apēstais auglis arī izkusīs, kā brīnišķīgs aromāts un izgaisīs caur elpošanu.

Debesīs būs četri gadalaiki, un ļaudis varēs baudīt to

pārmaiņas. Ļaudis sajutīs Dieva mīlestību katrā gadalaikā: pavasarī, vasarā, rudenī un ziemā. Tagad var pajautāt: «Vai mēs vēl joprojām cietīsim Debesīs no karstas vasaras un aukstas ziemas?» Laiks Debesīs formē labākos apstākļus Dieva bērniem, lai viņi dzīvotu komfortabli un nepārdzīvotu karsta vai auksta klimata iespaidu. Lai arī garīgie ķermeņi nevar sajust karstumu vai aukstumu pat sakarsētās vai aukstās vietās, viņi varēs sajust atvēsinātu vai siltinātu gaisu. Tā ka Debesīs neviens nesāks ciest no karsta vai auksta laika.

Rudenī Dieva bērni varēs baudīt skatu ar skaistām, nobirušām lapām, bet ziemā skatīt baltu sniegu. Ļaudīm tiks dota iespēja priecāties par tādu skaistumu, kurš pārspēj visu, kas sastopams šajā pasaulē. Dievs radījis Debesīs četrus gadalaikus, lai Viņa bērni saprastu, ka Viņš dod tiem visu, ko viņiem gribas. Tas tāpat ir Viņa mīlestības piemērs – pēkšņi Viņa Bērni var sailgoties pēc šīs zemes, jo viņi šeit auguši, pirms vēl kļuva par patiesiem Dieva bērniem.

Debesis atrodas četrdimensiju pasaulē, kuru nevar salīdzināt ar mūsu pasauli. Tās piepildītas ar Dieva mīlestību un spēku, un tur norisinās bezgalīgi notikumi, kurus ļaudis nevar pat iedomāties. 5. nodaļā jūs varēsiet vairāk uzzināt par mūžīgo un laimīgo ticīgo dzīvi Debesīs.

Tikai tie, kuru vārdi ierakstīti Jēra Dzīvības Grāmatā varēs nokļūt Debesīs. Kā teikts Jāņa Atklāsmes Grāmatā 21:6-8, tikai tas, kas dzers Dzīvo Ūdeni un kļūs par Dieva bērnu, būs spējīgs iemantot Dieva Valstību.

«Un Viņš man sacīja: Ir noticis! Es esmu A un O, sākums un gals. Es došu izslāpušajam bez maksas no dzīvības ūdens avota. Kas uzvar, tas to iemantos, un es būšu viņa Dievs, un viņš būs mans dēls. Bet bailīgajiem, neticīgajiem, apgānītajiem, slepkavām, burvjiem, elku kalpiem un visiem melkuļiem būs sava daļa degošā sēra uguns jūrā tā ir otrā nāve.»

Cilvēka pienākums Dieva priekšā – bīties Dievu un turēt Viņa baušļus (Sal. māc. 12:13). Tāpēc, ja jūs nebīstaties Dievu vai neklausiet Viņa Vārdam, turpinot tīšām grēkot, jūs nenokļūsiet Debesīs. Ļaundari, slepkavas, neuzticīgie laulātie, burvji un elku kalpi tiešām nenokļūs Debesīs. Viņi ignorēja Dievu, kalpoja nešķīstiem gariem un ticēja svešiem dieviem, sekojot ienaidniekam – sātanam un velnam. Tāpat arī tie, kas melo Dievam un apmāna Viņu, zaimo Svēto Garu, nekad nenonāks Debesīs. Kā es skaidroju grāmatā «Elle», šie ļaudis saņems mūžīgo sodu ellē.

Tā Kunga Vārdā es lūdzos, lai jūs ne tikai pieņemtu Jēzu Kristu, saņemot tiesības kļūt par Dieva bērnu, bet arī pildītu Dieva Vārdu, untad jūs baudīsiet mūžīgo laimi brīnišķīgajās, skaidrajās kā kristāls Debesīs.

2. Nodaļa.

Ēdenes dārzs un Gaidīšanas Vieta Debesīs

1. Ēdenes dārzs, kur dzīvoja Ādams
2. Ļaudis, kuri attīstās uz zemes
3. Debesu Gaidīšanas Vieta
4. Ļaudis, kuri nav Gaidīšanas Vietā

«Un Dievs Tas Kungs dēstīja dārzu Ēdenē,
austrumos, tur Viņš ielika cilvēku,
ko bija veidojis.
Un Dievs Tas Kungs lika izaugt
no zemes ikvienam kokam;
kuru bija patīkami uzlūkot un kas bija labs,
lai no tā ēstu, bet dārza vidū dzīvības kokam
un laba un ļauna atzīšanas kokam.»

- 1. Mozus 2:8-9 -

Ādams – pirmais Dieva radītais cilvēks, – dzīvoja Ēdenes dārzā, kā dzīvs gars sadraudzībā ar Dievu. Un tomēr, pēc noteikta laika, Ādams izdarīja nepaklausības grēku, ēdot no «laba un ļauna atzīšanas koka.» Tā rezultātā Ādama gars, kas bija viņa «pavēlnieks», nomira. Ādams bija izdzīts no Ēdenes dārza un viņam nācās dzīvot uz šīs zemes. Kad Ādamā un Ievā gars nomira, pārtrūka viņu sadraudzība ar Dievu. Varat iedomāties, kā viņi skuma pēc Ēdenes dārza, kad sāka dzīvot uz šis nolādētās zemes!

Visuvadošais Dievs jau iepriekš zināja par Ādama nepaklausību un sagatavoja Jēzu Kristu atvērt glābšanas ceļu tad, kad pienāca atbilstošais laiks. Katrs, kas izglābts ticībā, iemantos Debesis, kuras būs nesalīdzināmi labākas par Ēdenes dārzu.

Pēc tā, kā Jēzus augšāmcēlās un uzgāja Debesīs, Viņš radīja gaidīšanas vietu, kur izglābtie ļaudis varēs palikt līdz Soda Dienai un sagatavoja viņiem mājokļus. Lai labāk saprastu Debesis, izskatīsim Ēdenes dārzu un Debesu Gaidīšanas Vietu.

1. Ēdenes dārzs, kur dzīvoja Ādams

1. Mozus grām. 2:8-9 stāstīts par Ēdeni. Šī vieta, kur dzīvoja Ādams un Ieva, pirmie cilvēki, ir Dieva radīta.

«Un Dievs Tas Kungs dēstīja dārzu Ēdenē, austrumos, tur Viņš ielika cilvēku, ko bija veidojis. Un Dievs Tas Kungs lika izaugt no zemes ikvienam

kokam, kuru bija patīkami uzlūkot un kas bija labs, lai no tā ēstu, bet dārza vidū dzīvības kokam un ļauna un laba atzīšanas kokam.»

Ēdenes dārzs bija vieta, kur vajadzēja dzīvot Ādamam, dzīvam garam, tāpēc šai vietai vajadzēja atrasties kādā garīgās pasaules rajonā. Kur šodien novietots Ēdenes dārzs, pirmā cilvēka Ādama dzīvesvieta?

Ēdenes dārza atrašanās vieta.

Daudzās Bībeles vietās Dievs lieto vārdu «Debesis,» kad grib pateikt, ka aiz debesu robežām, kuras mēs redzam ir dažādas garīgās pasaules sfēras. Viņš lieto vārdu «Debesis,» lai jūs saprastu, ka ir plašumi, kas attiecas uz garīgo pasauli.

«Redzi, vienīgi Tam Kungam pieder debesis un debesu debesis, zeme un viss, kas uz tās ir» (5. Mozus gr. 10:14).

«Viņš Tas Kungs, radīja zemi ar Savu spēku, lika stiprus pamatus pasaules ēkai ar Savu gudrību un izplēta pār visu debesis ar Savu atziņu» (Jerem. 10:12).

«Teiciet Viņu, jūs debesu Debesis, un jūs ūdeņi, kas pār debesīm augšā!» (Psalmi 148:4)

Tādēļ vajadzētu saprast, ka debess vai «Debesis» nenozīmē tikai tās debesis, kas redzamas ar jūsu neapbruņotām acīm. Tās

– Pirmās Debesis, kur izvietota saule, mēness un zvaigznes, bet vēl ir Otrās un Trešās Debesis, kuras pieder garīgajai pasaulei. Otrajā Vēstulē Korintiešiem 12. nodaļā apustulis Pāvils runā par Trešajām Debesīm. Tās iekļauj visu Debesu pilnību no Paradīzes līdz Jaunajai Jeruzalemei.

Apustulis Pāvils pabija Paradīzē, kura ir galvenā vieta tiem, kuriem vismazākā ticība, un tas ir pats attālākais rajons no Dieva Troņa. Tur Pāvils dzirdēja kādus Debesu noslēpumus. Tomēr, viņš atzina, ka tie bija «vārdi, kurus cilvēks nevar atstāstīt.»

Kā tad izskatās garīgā pasaule Otrajās Debesīs? Tā atšķiras no Trešajām Debesīm, un šeit atrodas Ēdenes dārzs. Daudzi bija pārliecināti, ka Ēdenes dārzs atrodas kaut kur uz šīs zemes. Daudzi Bībeles pētnieki un zinātnieki nodarbojās ar arheoloģiskajiem pētījumiem un Mezopotāmijas rajona izzināšanu, un tāpat arī ar Eifratas un Tigras augšteces Tuvajos Austrumos pētīšanu. Tomēr viņi neko neatrada. Iemesls, kādēļ ļaudis nevar atrast Ēdenes dārzu ir tajā, ka tas izvietots tieši Otrajās Debesīs un attiecas uz Garīgo pasauli.

Otrajās Debesīs tāpat ir mājvieta ļaunajiem gariem, kurus pēc Lucifera sacelšanās izmeta no Trešajām Debesīm. 1. Mozus 3:24 teikts: «*Un Viņš izdzina cilvēku ārā, un Viņš nolika uz austrumiem no Ēdenes dārza ķerubus un abpus liesmojošu zobenu, lai sargātu ceļu uz dzīvības koku.*» Dievs tā rīkojās, lai nepielaistu ļaunos garus Ēdenes dārzam, nepieļautu tiem ēst no dzīvības koka un iegūt mūžīgo dzīvi.

Vārti uz Ēdenes dārzu

Nevajag domāt, ka Otrās Debesis atrodas augstāk par

Pirmajām, bet Trešās Debesis – augstāk par Otrajām. Saprast četru dimensiju pasauli un citas telpas lietojot trīsdimensiju pasaules zināšanas ir neiespējami. Kāda ir Debesu struktūra? Jums šķiet, ka trīsdimensiju pasaule, kuru jūs redzat, atdalīta no garīgajām Debesīm, bet tajā pašā laikā viņas pārklājas un ir saistītas. Eksistē vārti, kuri savieno trīsdimensiju un garīgo pasauli.

Lai arī jūs tos neredzat, tie saista Pirmās Debesis ar Ēdenes dārzu Otrajās Debesīs. Tāpat ir vārti, kuri ved uz Trešajām Debesīm. Līdzīgi vārti izvietoti ne visai augstu, galvenokārt kaut kur mākoņu līmenī, kurus var ieraudzīt no lidmašīnas borta.

Bībelē mums teikts, ka ir vārti, kuri ved uz Debesīm (1. Mozus 7:11; 2. Ķēniņu 2:11; Lūkas 9:28-36; Ap. d. 1:9; 7:56). Tāpēc, kad atveras debesu vārti, var pacelties uz dažādām Debesīm garīgajā pasaulē, un tie, kas ticībā izglābti, spēj pacelties uz Trešajām Debesīm.

Tas pats attiecas uz Gadesu un elli. Šīs vietas tāpat pieder garīgajai pasaulei un eksistē vārti, kuri turp ved. Un, kad mirst neticīgie, caur šiem vārtiem viņi nolaižas Gadesā, kas pieder pie elles, vai tieši uz elli.

Garīgo un fizisko dimensiju eksistēšana

Ēdenes dārzs, kurš pieder pie Otrajām Debesīm, atrodas garīgajā pasaulē, bet tas atšķiras no Trešās Debesu pasaules. Šī garīgā pasaule nav pilnīga, tāpēc ka spēj sadzīvot ar fizisko pasauli.

Citiem vārdiem, Ēdenes dārzs – vidus posms starp fizisko un garīgo pasauli. Pirmais cilvēks Ādams bija dzīvs gars, bet viņam bija fiziskais ķermenis, radīts no pīšļiem. Ādams un Ieva radīja bērnus un cilvēku skaits vairojās, dzemdējot tur bērnus līdzīgi tam, kā darām mēs (1. Mozus 3:16).

Pat pēc tā, kad Ādams ēda no «ļauna un laba atzīšanas koka» un viņu izraidīja uz šo pasauli, pirmā cilvēka bērni, kuri palika Ēdenes dārzā, vēl joprojām dzīvo tur, viņos ir dzīvs gars un viņi nepazīst nāvi. Ēdenes dārzs – ļoti mierīga vieta, kur nav nāves. To pārvalda Dieva spēks saskaņā ar likumiem un pavēlēm, kuras devis Dievs. Lai arī tur nav atšķirības starp dienu un nakti, Ādama pēcnācēji zina, kāds laiks nepieciešams aktīvai darbībai, atpūtai utt.

Un vēl, Ēdenes dārzs ar kaut ko atgādina šo zemi. Tas ir piepildīts daudziem augiem, dzīvniekiem un kukaiņiem. Tur tāpat bezgalīga un brīnišķīga daba. Tomēr tur nav augstu kalnu, tikai pazemi pauguri. Uz tiem var atrast kādas būves, līdzīgas mājām, bet ļaudis tajos tikai atpūšas, bet nedzīvo.

Ādama un viņa bērnu atpūtas vieta

Pirmais cilvēks Ādams ļoti ilgi dzīvoja Ēdenes dārzā un būdams auglīgs, pavairoja savus pēcnācējus. Tā kā Ādamam un viņa bērniem bija dzīvs gars, caur Otrajiem Debesu vārtiem viņi varēja brīvi nolaisties uz šo zemi.

Tā ka Ādams un viņa pēcnācēji daudz reižu apmeklēja zemi, kā savu atpūtas vietu, vajag saprast, ka cilvēces vēsture ir ļoti ilga. Daži jauc šo vēsturi ar sešiem tūkstošiem cilvēces attīstības gadiem un netic Bībelei.

Ja uzmanīgi izpētīt noslēpumainās senās civilizācijas, var saprast, ka Ādams un viņa bērni nāca uz šo pasauli. Ēģiptes piramīdas un Gizas Sfinksa, piemēram, tāpat ir Ādama un viņa bērnu, kuru dzīvoja Ēdenes dārzā, klātienes pēdas šeit. Tādas būves atklātas pa visu pasauli, tās radītas izmantojot daudz sarežģītāku un attīstītāku tehnoloģiju, ko pat šodien nav iespējams sasniegt ar mūsu laiku zinātnes palīdzību.

Piemēram, piramīdas parāda ievērojamus matemātiskus, ģeometriskus un astronomiskus aprēķinus, kurus var atrast un saprast tikai pateicoties speciāliem pētījumiem. Piramīdas satur daudz noslēpumus, kuri kļūst saprotami tad, kad jums zināmi precīzi zvaigznāju izvietojumi un visuma cikls. Daži ļaudis novērtē līdzīgas noslēpumainas senās civilizācijas, kā pēdas, ko atstājuši atnācēji no kosmosa. Tomēr ar Bībeles palīdzību mēs spējam saprast pat to, kas līdz šim nav saprotams zinātnei.

Ēdenes civilizācijas pēdas

Ēdenes dārzā Ādamam bija neiedomājamas zināšanas un prasmes. Tas ir kā rezultāts tam, ka Dievs apmācīja pirmo cilvēku patiesām zināšanām, kuras kādu laiku uzkrājās un attīstījās. Tāpēc Ādamam, kurš visu zināja par visumu un pakļāva sev zemi, kādreiz nebija par grūtu uzbūvēt piramīdas un Sfinksu. Tā kā Dievs Pats mācīja pirmo cilvēku, Ādams zināja to, ko mūslaiku zinātne vēl joprojām nav izpratusi vai atklājusi.

Dažas piramīdas bija uzceltas pateicoties Ādama zināšanām un meistarībai, bet citas būvēja viņa bērni, bet dažas – ļaudis uz šīs zemes, kuri pēc daudziem gadiem centās atdarināt Ādama piramīdas. Visām piramīdām ir tehniskas atšķirības. Tas radies no tā, ka tikai Ādamam bija dota no Dieva vara, lai pārvaldītu visu radību.

Ļoti ilgu laiku pirmais cilvēks dzīvoja Ēdenes dārzā, reizēm atnākot uz šo zemi, bet vēlāk, pēc krišanas nepaklausības grēkā, Dievs izdzina viņu no Ēdenes dārza. Tomēr Dievs uzreiz neaizvēra vārtus, kuri savieno zemi ar Ēdenes dārzu.

Tādēļ Ādama bērni, kuri vēl joprojām dzīvoja Ēdenes dārzā, brīvi nolaidās uz zemi un, kad tas sāka notikt aizvien biežāk, viņi sāka ņemt cilvēku meitas par savām sievām. (1. Mozus 6:1-6).

Tad Dievs aizvēra Debesu vārtus, kuri savieno zemi ar Ēdenes dārzu. Tomēr pārvietošanās pilnībā nepārtrūka, bet tā tika stingri kontrolēta, kas iepriekš tā nebija. Nepieciešams saprast, ka vairums noslēpumaino un neatrisināto seno civilizāciju mīklu, ir Ādama un viņa bērnu pēdas, kas saglabājušās no tiem laikiem, kad viņi brīvi apmeklēja šo zemi.

Ļaužu un dinozauru vēsture uz Zemes

Kāpēc tad izrādījās, ka dinozauri, kuri dzīvoja uz zemes pēkšņi pazuda? Tā tāpat ir viena no ļoti svarīgām liecībām, kas runā par to, cik gadu reāli ir cilvēces vēsture. Tas – noslēpums, kuru var atrisināt tikai ar Bībeles palīdzību.

Dievs novietoja dinozaurus Ēdenes dārzā. Viņi bija lēnīgi dzīvnieki, bet kāpēc viņus izdzina uz šo zemi, tāpēc ka dinozauri nokļuva Lucifera lamatās tā perioda laikā, kad Ādams varēja brīvi ceļot starp mūsu zemi un Ēdenes dārzu. Tagad dinozauriem, kuri bija spiesti dzīvot uz šīs zemes, nācās pastāvīgi meklēt barību. Atšķirībā no dzīves Ēdenes dārzā, kur bija visa pārpilnība, mūsu zeme nevarēja izdot pietiekami barības priekš dinozauriem ar liela izmēra ķermeņiem. Viņi noēda augļus un labību, bet pēc tam sāka iznīcināt dzīvniekus. Dinozauri gatavojās iznīcināt apkārtējo vidi un barības ķēdi. Beidzot Dievs nolēma, ka vairāk nevar turēt dinozaurus uz šīs zemes, un iznīcināja tos ar uguni no debesīm.

Šodien daudzi zinātnieki apgalvo, itkā šie dzīvnieki dzīvojuši uz zemes ilgu laika periodu. Viņi saka, ka dinozauri šeit mājojuši vairāk kā simts sešdesmit miljoni gadu. Tomēr neviens no paziņojumiem neizskaidro apmierinošā veidā, kā tik daudz dinozauru pēkšņi parādījās uz zemes un tāpat negaidot izmira. Un vēl, ja tādi lieli dzīvnieki attīstītos šeit ilgu laika periodu, ko gan viņi ēstu, lai turpinātu savu dzīvi?

Saskaņā ar evolūcijas teoriju, pirms parādījās tik daudz dinozauru veidu, vajadzēja eksistēt daudz vairāk zemāka līmeņa dzīvnieku veidiem, bet vēl joprojām nav nekādu pierādījumu tādai teorijai. Vispirms, lai izzustu kāda nebūt veida dzīvnieki, vispirms kādu laiku samazinās to skaits, un pēc tam izzūd. Dinozauri, tomēr izzuda pēkšņi.

Zinātnieki apgalvo, ka tas notika pēkšņas klimata maiņas rezultātā, vīrusu, radiācijas dēļ. Piemēram, pēc kādas zvaigznes eksplozijas vai liela meteorīta sadursmes ar zemi. Bet tomēr, ja tādas izmaiņas bija katastrofiskas un iznīcināja visus dinozaurus, pārējie dzīvnieki un augi arī tāpat izzustu. Citi augi, putni vai zīdītāji tomēr eksistē pat šodien, tā ka īstenība neapstiprina evolūcijas teoriju.

Līdz dinozauru parādīšanās uz šīs zemes, Ādams un Ieva dzīvoja Ēdenes dārzā, reizēm nolaižoties uz zemi. Vajag saprast, ka zemes vēsture ir ļoti ilga. Jūs par to sīkāk varat uzzināt no manām svētrunām «Lekcijas par 1. Mozus grāmatu.» Tagad man gribētos pastāstīt par brīnišķīgo Ēdenes dārza dabu.

Brīnišķīgā Ēdenes dārza daba.

Guļot ērtā pozā, jūs atpūšaties uz līdzenuma, kas piepildīts ar puķu un koku aromātiem, uzņemot gaismu, kura maigi krīt uz visu jūsu ķermeni un lūkojaties gaiši zilajās debesīs, kur peld tīri, balti dažāda veida un formas mākoņi.

Mirdz gludais ezera ūdens, uz jums vējo maigs vējiņš, kas satur saldus puķu aromātus. Jums patīkami sarunāties ar tiem, ko jūs mīlat, jūs esat laimīgs. Jums gribas atpūsties plašās ziedošās pļavās, kur jūs iegrimstat saldā puķu aromātā. Var pagulēt koka ēnā, kurā aug daudz lielu, apetīti izraisošu augļu un ēst tos tik, cik jums sagribas.

Ezerā un jūrā dzīvo daudz veidu, dažādu krāsu zivis. Ja ir vēlēšanās jūs varat aiziet uz tuvāko pludmali un baudīt atsvaidzinošos viļņus vai baltās smiltis, kas mirdz saules gaismā.

Ja jums gribas jūs varat peldēt kā zivs. Skaisti brieži, zaķīši vai vāveres ar aizkustinošām, mirdzošām acīm nāk klāt un cenšas izpatikt jums. Lielā līdzenumā daudzi dzīvnieki mierīgi rotaļājas viens ar otru.

Tas – Ēdenes dārzs, piepildīts ar klusu mieru un prieku. Daudz ļaužu šajā pasaulē droši vien gribētu atstāt savu aizņemto dzīvi un kaut vienreiz iegūt tādu mieru un bezrūpību.

Dzīve pārpilnībā Ēdenes dārzā

Ļaudis Ēdenes dārzā uzņem barību ar prieku un bezrūpīgi, viņiem nevajag strādāt. Tur nav uztraukumu vai rūpju, jo visi piepildīti ar prieku, sajūsmu un mieru. Tādēļ, ka visu vada Dieva likumi un pavēles, ļaudis šajā dārzā bauda mūžīgo dzīvi, kaut arī viņi to nav nopelnījuši.

Ēdenes dārzs apdzīvotās vides ziņā atgādina mūsu zemi. Tomēr, ņemot vērā to, ka salas apdzīvotāji to nav apgānījuši un nav mainījušies no radīšanas laika, viņi saglabā dabu tīru, atšķirībā no ļaudīm uz šīs zemes.

Ēdenes dārza iedzīvotāji parasti nenēsā nekādas drēbes, viņi nesajūt kaunu, iekāres nav viņu sirdīs, tāpēc ka šajos ļaudīs nav grēcīgās dabas, un viņu dvēselēs nav ļaunuma. Viņi līdzinās jaundzimušajiem bērniem, kuri var atrasties pilnībā izģērbti un nepievērš tam uzmanību, ko var padomāt vai pateikt citi ļaudis.

Ēdenes dārza vide ir piemērota cilvēkiem pat, ja viņi staigā kaili, tāpēc ka viņiem no tā nav nekādu problēmu. Cik tur būs labi, jo dārzā nebūs kaitīgu kukaiņu vai ērkšķu, kas ievaino ādu!

Daži ļaudis staigā drēbēs. Viņi vada nelielas grupas. Ēdenes dārzā tāpat eksistē savi likumi. Katrā grupā vajadzīgs būt vadītājam un tiem, kas pakļaujas un seko viņam. Atšķirībā no parastiem ļaudīm, vadītāji nēsā apģērbu, bet tas kalpo tikai tam, lai parādītu viņu stāvokli, bet ne ar mērķi apģērbties, aizsargāt ķermeni vai izgreznot to.

1. Mozus grāmatā 3:8 var pievērst uzmanību uz temperatūras izmaiņām Ēdenes dārzā: «*Tad viņi sadzirdēja Dieva Tā Kunga balsi, kas dārzā staigāja dienas vēsumā, tad cilvēks un viņa sieva paslēpās starp dārza kokiem Dieva Tā Kunga priekšā.*» Redzams, ka tur ļaudis sajūt «vēsumu.» Tomēr tas nenozīmē, ka viņiem vajadzētu svīst saules karstumā dienā, vai sajust nepatīkamus drebuļus aukstajā gada laikā, kā tas ir šeit uz zemes.

Ēdenes dārzā vienmēr ir pats piemērotākais temperatūras līmenis, mitrums un vējš, lai cilvēks nesajustu nekādu diskomfortu, ko izsauc laika izmaiņas.

Un vēl, tur nav ne dienas, ne nakts. Dārzs vienmēr apgaismots Dieva Tēva gaismā, un cilvēks pastāvīgi dzīvo dienas laikā. Ļaudīm ir laiks atpūsties un viņi pakārto to tā, lai atkarībā no temperatūras maiņas, nodarbotos ar aktīvu darbību vai būtu mierā. Šīs izmaiņas, tomēr, nenozīmē krasu temperatūras paaugstināšanos vai pazemināšanos, lai neradītu ļaudīm pārkaršanu vai pēkšņu atdzišanu. Tieši otrādi, viņiem būs ļoti komfortabli atpūsties pie vieglas brīzes.

2. Ļaudis, kuri attīstās uz zemes

Ēdenes dārzs ir tik plašs un liels, ka nevar aptvert tā izmērus. Tā lielums apmēram miljards reižu pārsniedz šo zemi. Pirmās Debesis, kur ļaudis var dzīvot tikai septiņdesmit vai astoņdesmit gadu šķiet bezgalīgas, plešoties no mūsu saules sistēmas līdz galaktikām un vēl aiz to robežām. Cik gan milzīgs izrādās Ēdenes dārzs, salīdzinājumā ar Pirmajām Debesīm, kurā cilvēki dzimst, bet nemirst?

Tajā pašā laikā, neatkarīgi no tā cik skaists, bagātīgs un liels ir Ēdenes dārzs, to nevar salīdzināt ne ar vienu vietu Debesīs. Pat Paradīze, kura ir Debesu Gaidīšanas vieta, daudz brīnišķīgāka un labāka. Mūžīgā dzīve Ēdenes dārzā ļoti atšķiras no mūžīgās atrašanās Debesīs.

Tāpēc apskatot daudzveidīgo Dieva nodomu attiecībā uz Ādamu, kuru izdzina no Ēdenes dārza un, kas attīstījās uz šīs zemes jūs redzēsiet, cik ļoti Ēdenes dārzs atšķiras no Debesu gaidīšanas vietas.

«Laba un ļauna atzīšanas» koks Ēdenes dārzā

Pirmais cilvēks Ādams varēja ēst visu, ko viņam gribējās, valdīt pār visām radībām un mūžīgi dzīvot Ēdenes dārzā. Tomēr 1. Mozus 2:16-17 mēs lasām Dieva pavēli cilvēkam: *«Un Dievs Tas Kungs pavēlēja cilvēkam, sacīdams: „No visiem dārza kokiem ēzdams ēd; bet no laba un ļauna atzīšanas koka tev nebūs ēst, jo tai dienā, kad tu ēdīsi no tā, tu mirdams mirsi."»* Lai arī Dievs deva Ādamam lielu varu, lai valdītu pār visu radību un brīvu gribu, Viņš stingri aizliedza viņam ēst no «laba un ļauna» atzīšanas koka. Ēdenes dārzā sastopami daudz veidu spilgtu, skaistu un garšīgu augļu, kurus ne ar ko nevar salīdzināt uz šīs zemes. Dievs atdeva visus augļus Ādama pārvaldīšanai tā, lai viņš varētu ēst tos tik, cik viņam gribas.

Un tomēr auglis no «laba un ļauna atzīšanas» koka bija izņēmums. Jums vajag saprast, ka, lai arī Dievs jau zināja, ka Ādams noteikti pagaršos augli no «laba un ļauna atzīšanas» koka, Viņš neatstāja Ādamu grēka varā. Daudzi nepareizi skaidro šo vietu, pieņemot, ka Dievs bija nodomājis pārbaudīt Ādamu, novietojot «laba un ļauna atzīšanas» koku un zinot iepriekš, ka Ādams ēdīs no tā. Tādā gadījumā Viņš neatstātu tādu stingru pavēli Ādamam. Tāpēc jums kļūst skaidrs, ka Dievam nebija nodoma ievietot «laba un ļauna atzīšanas» koku ar vēlmi, lai Ādams ēstu no tā, vai cenšoties pārbaudīt cilvēku.

Tāpat, kā rakstīts Jēkaba Vēstulē 1:13: *«Neviens kārdināšanā, lai nesaka: Dievs mani kārdina, jo ļaunām kārdināšanām Dievs nav pieejams un pats viņš neviena nekārdina.»*

Kādēļ Kungs novietoja Ēdenes dārzā «laba un ļauna atzīšanas» koku?

Ja jūs varat sajust prieku, apmierinājumu vai laimi, tad tikai tāpēc, ka jums nācies piedzīvot pretējas jūtas: bēdas, sāpes un nelaimi. Jūs zināt, ka taisnība, patiesība un gaisma ir labi, tāpēc ka zināt, ka ļaunums, meli un tumsa – slikti.

Ja cilvēks nav piedzīvojis tādas attiecīgi pretējas sajūtas, viņš nevar sajust savā sirdī to, cik laba ir mīlestība, taisnība un laime, pat, ja viņam par to stāstījuši.

Piemēram, vai cilvēks, kas nekad nav slimojis pats un nav redzējis slimos, var saprast, kas tas ir sāpes un slimība? Viņam nav ar ko salīdzināt, un viņš nevar novērtēt savu veselību. Ja kāds nekad nav izjutis trūkumu un nezin trūcīgos, ko viņš var zināt par nabadzību? Tāds cilvēks nesajutīs, ka «labi» būt bagātam, neatkarīgi no tā, cik viņš pats ir bagāts. Pašam nepārdzīvojot nabadzību, neiespējami parādīt patiesu sirsnīgu pateicību.

Ja cilvēks nezin visa labā vērtību, kas viņam ir, viņš nenovērtēs laimi, kuru bauda. Taču, ja cilvēks pārcietis slimības, sāpes un nabadzības bēdas, viņš ir spējīgs savā sirdī pateikties par laimi, kuru atnes veselība un bagātība. Tas ir iemesls tam, kāpēc Dievs iestādīja «laba un ļauna atzīšanas» koku.

Tādēļ Ādams un Ieva, kurus izdzina no Ēdenes dārza, izjuta līdzīgus pretstatus visā, līdz apzinājās mīlestību un svētības, kuras viņiem bija devis Dievs. Tikai tad viņi bija spējīgi kļūt par patiesiem Dieva bērniem, kuriem zināma īstas laimes un dzīves vērtība.

Tomēr Dievs ne ar nodomu veda Ādamu pa tādu ceļu. Ādams, esot ar brīvu gribu, izdarīja izvēli nepaklausot Dieva pavēlei. Un Dievs aiz mīlestības un taisnīguma, sāka cilvēka attīstību.

Dieva nodoms attiecībā uz cilvēka attīstību

Kad ļaudis izdzina no Ēdenes dārza, sākās viņu attīstība uz šīs zemes, viņiem nācās pārdzīvot daudz ciešanu: asaras, bēdas, sāpes, slimības un nāvi. Bet tas pieveda cilvēku pie tā, ka viņi sajuta reālu laimi un mūžīgās dzīves baudījumu Debesīs, izjuta lielu pateicību.

Tas, ka Dievs audzina mūs par patiesiem Dieva bērniem ir tikai piemērs brīnišķīgajai Dieva mīlestībai un Viņa nodomam. Vecāki neuzskata, ka audzināšana, bet reizēm arī savu bērnu sodīšana ir tukša laika tērēšana, ja tas palīdz bērna attīstībai un viņa sekmēm. Un vēl, ja bērni tic savai nākotnes veiksmei, viņi parādīs pacietību, pārvarot jebkuras grūtas situācijas un šķēršļus.

Ja jūs pārdomājat par patieso laimi, kuru baudīsiet Debesīs, tad audzināšana šeit, uz zemes jums nešķitīs kaut kas sarežģīts vai sāpīgs. Tā vietā jūs piepildieties ar pateicību par iespēju dzīvot atbilstoši Dieva Vārdam, tāpēc ka jums ir cerība uz godu, kuru jūs saņemsiet vēlāk.

Kurš būs priekš Dieva dārgāks, tie, kas pēc daudzu grūtību pārvarēšanas uz šīs zemes patiesi pateicas Dievam, vai ļaudis Ēdenes dārzā, kuri īstenībā nenovērtē to, kas viņiem ir, kaut arī dzīvo tādā brīnišķīgā un auglīgā vidē?

Dievs attīstīja Ādamu, kurš bija izdzīts no Ēdenes dārza un pilnveidoja viņa pēcnācējus uz mūsu zemes, lai izveidotu no viņiem Savus patiesus bērnus. Kad šī attīstība būs pabeigta un debesu mājokļi būs gatavi, Kungs atgriezīsies. Ja jūs nokļūsiet Debesīs, tad sajutīsiet mūžīgo laimi, tāpēc ka pat pašu zemāko Debesu līmeni nevar skaistumā salīdzināt ar Ēdenes dārzu.

Lūk, kāpēc vajadzīgs saprast Dieva nodomu attiecībā uz

cilvēka attīstību un tiekties uz to, lai kļūtu par Viņa īstiem bērniem, kuri rīkojas saskaņā ar Dieva Vārdu.

3. Debesu Gaidīšanas Vieta

Ādama pēcnācēji, kuri nepaklausīja Dievam, paredzēti tam, lai vienreiz nomirtu un pēc tam stātos Tiesas priekšā (Ebr. 9:27). Tomēr cilvēka gars ir nemirstīgs, tāpēc ļaudis dodas vai nu uz Debesīm vai uz elli.

Taču ļaudis nenokļūst uzreiz Debesīs vai ellē, bet paliek Gaidīšanas Vietā Debesīs vai ellē. Kas tad ir šī vieta Debesīs, kur nonāk Dieva bērni?

Dzīves beigās gars atstāj savu ķermeni

Kad cilvēks nomirst, viņa gars atstāj ķermeni. Pēc nāves, ja cilvēks iepriekš nav zinājis par to, viņš būs ļoti pārsteigts, ieraugot sevi guļot bez dzīvības pazīmēm. Pat ticīgam cilvēkam būs pārsteidzoši uzzināt, ka viņa gars atstājis savu ķermeni.

Pārejot uz četru dimensiju pasauli no trīsdimensiju, kurā jūs dzīvojat pašreizējā laikā, jūs sajutīsiet milzīgu atšķirību. Ķermenis kļūst ļoti viegls, un jums rodas lidojuma sajūta. Tomēr iegūt neierobežotu brīvību nevar pat pēc tā, kad gars atstāj ķermeni.

Līdzīgi putnēniem, kas nav spējīgi uzreiz lidot, lai arī piedzimst ar spārniem. Jums vēl joprojām vajadzīgs kāds laiks tam, lai pielāgotos garīgajai pasaulei un uzzinātu par to pamata informāciju.

Tos, kuri nomirst ar ticību Jēzum Kristum, divi eņģeļi pavada uz Augšējo Kapu. Tur no eņģeļiem vai praviešiem ļaudis uzzina par dzīvi Debesīs.

Ja jūs izlasīsiet Bībeli, tad sapratīsiet, ka eksistē divu veidu kapi. Ticības tēvi, tādi, kā Jēkabs un Ījabs, teica, ka pēc nāves nokļūs kapā (1. Mozus 37:35; Ījaba 7:9). Korahs un viņa sabiedrotie, kuri uzstājās pret Mozu, Dieva cilvēku, dzīvi nogrima kapā (4. Mozus 16:33).

Lūkas Evaņģēlijā 16. nodaļā attēlots bagātnieks un nabags, vārdā Lācars, kuri pēc nāves nokļuva kapā, un jums skaidrs, ka viņi neatrodas vienā un tajā pašā «kapā.» Bagātais cieš no uguns liesmām, tajā pat laikā Lācars atpūšas tālu no viņa, Ābrahāma klēpī.

Eksistē kaps tiem, kas izglābti un cits priekš neizglābtiem ļaudīm. Koraha un viņa atbalstītāju kaps un tāpat arī bagātnieka, attiecas uz Gadesu, kura ietilpst elles sastāvā. Taču kaps, kurā atrodas Lācars, ir Augšējais Kaps, kas pieder pie Debesīm.

3-dienu atrašanās Augšējā Kapā.

Vecās derības laikos tie, kuri saņēma glābšanu, gaidīja Augšējā Kapā. Tā kā Ābrahāms, ticības tēvs, bija atbildīgs par Augšējo Kapu, nabaga Lācars atradās viņa klēpī, kā rakstīts Lūkas Evaņģēlijā 16. nodaļā. Tomēr pēc tam, kad Kungs augšāmcēlās un uzgāja Debesīs, izglābtie varēja nepalikt Augšējā kapā – Ābrahāma klēpī. Tur dvēseles atrodas trīs dienas, bet pēc tam dodas uz kādu Paradīzes stūrīti. Tādā veidā Debesu Gaidīšanas Vietā viņi būs ar Kungu.

Tā kā Jāņa Evaņģēlijā 14:2 Jēzus saka: *«Es noeju jums vietu sagatavot,»* mēs zinām, ka pēc Savas augšāmcelšanās un pacelšanās Debesīs, mūsu Kungs gatavo vietu katram ticīgajam. No tā laika, kad Kungs sāka gatavot mājokļus Dieva bērniem, tie, kas izglābti, paliek Debesu Gaidīšanas Vietā, kaut kur Paradīzē.

Daži brīnās par to, ka tik daudz ļaužu, sākot no pasaules radīšanas, var dzīvot Paradīzē. Tomēr satraukumam nav nekādu iemeslu. Pat saules sistēma, pie kuras pieder šī zeme, ir tikai punktiņš salīdzinājumā ar galaktiku. Cik tad liela ir galaktika? Salīdzinot ar visu visumu galaktika – tas ir neliels plankums. Tad, kādi tad ir visuma izmēri?

Bez tam, mūsu visums – viens no daudziem, tā ka neiespējami stādīties priekšā visa visuma izmēru. Ja šī fiziskā pasaule ir tik liela, cik gan to pārsniedz garīgā pasaule?

Debesu Gaidīšanas Vieta

Kāda ir Debesu Gaidīšanas Vieta, kur izglābtie ļaudis nokļūst pēc tam, kad pavadījuši trīs dienas sagatavošanas periodu Augšējā Kapā?

Kad cilvēks redz ļoti skaistu ainavu, viņš saka: «Tā ir paradīze zemes virsū,» vai «Tas ir līdzīgi Ēdenes dārzam!» Ēdenes dārzu tomēr nevar salīdzināt ne ar kādu šīs pasaules skaistumu. Tur ļaudīm dota brīnišķīga, pasakaina dzīve, pilna laimes, miera un prieka. Taču, viņa liekas tāda priekš ļaudīm no šīs zemes. Tiklīdz jūs nokļūsiet Debesīs, tad nekavējoties to sapratīsiet.

Līdzīgi tam, kā Ēdenes dārzu nevar salīdzināt ar mūsu pasauli, Debesis nav salīdzināmas ar Ēdenes dārzu. Eksistē milzīga atšķirība starp laimi Ēdenes dārzā, kurš pieder Otrajām Debesīm un to laimi, kas ir Paradīzes Gaidīšanas Vietā Trešajās Debesīs. To rada tas, ka ļaudis Ēdenes dārzā nav patiesi Dieva bērni, kuru sirdis bija pārveidotas.

Gribētos minēt piemēru, lai palīdzētu jums labāk to saprast. Līdz parādījās elektrība, korejieši izmantoja petrolejas lampas. Šie gaismekļi bija ļoti tumši salīdzinot ar elektrisko apgaismojumu, kuri ir jums šodien, bet izrādījās neticami vērtīgi tad, kad naktī vispār nebija gaismas. Pēc tam, kad ļaudis attīstījās un atklāja priekš sevis elektrību, viņiem parādījās elektriskā gaisma. Tiem, kas bija pieraduši redzēt tikai gaismu no petrolejas lampas, elektrības ugunis likās tik apbrīnojamas, ka tos apbūra to spīdēšana.

Ja jūs sakāt, ka šī zeme piepildīta ar pilnīgu tumsu, kurā nav nekādas gaismas, var teikt, ka Ēdenes dārzs – vieta, kur ļaudīm ir petrolejas lampas, bet Debesis – vieta, kur ir elektriskā gaisma. Tāpat, kā petrolejas lampas gaisma atšķiras no elektrības gaismas, kaut arī gan tā, gan otra ir gaisma, Debesu Gaidīšanas Vieta atšķiras no Ēdenes dārza.

Gaidīšanas Vieta, izvietota Paradīzes nomalē

Debesu Gaidīšanas Vieta izvietota Paradīzes nomalē. Paradīze mājvieta tiem, kam ir pati virspusējākā ticība, un tā visvairāk attālināta no Dieva Troņa. Tā ir ļoti plaša vieta.

Gaidošie Paradīzes nomalē saņem no praviešiem garīgās zināšanas. Tos apgādā ar zināšanām par Trīsvienīgo Dievu, Debesīm, garīgās pasaules pārvaldību u.t.t. Tādu zināšanu pakāpe ir bezgalīga, tāpēc apmācībai nav gala. Garīgo priekšmetu apgūšana nekad nemēdz būt garlaicīga vai grūta. Jo vairāk jūs mācaties, jo vairāk brīnāties un izglītojaties, kas ir vēl svētīgāk.

Pat uz šīs zemes tie, kuriem ir tīras un lēnprātīgas sirdis var kontaktēties ar Dievu un sasniegt garīgās zināšanas. Daži no tādiem ļaudīm redz garīgo pasauli, tāpēc ka viņiem ir garīgā redze. Bez tam, ir sastopami tādi, kas pēc Svētā Gara iedvesmas ir spējīgi saprast garīgās parādības. Viņi var uzzināt par ticību vai noteikumiem, lai saņemtu atbildes uz lūgšanām tā, ka pat šajā fiziskajā pasaulē spēj piedzīvot Dieva spēku, kurš pieder gara sfērai.

Ja mūsu pasaulē jūs varat mācīties par garīgiem jautājumiem un izmēģināt tos, tad tas nostiprina jūs un dod jums laimes sajūtu. Cik gan priecīgāki un laimīgāki jūs būsiet, kad Debesu Gaidīšanas Vietā jums radīsies spējas, lai dziļi izprastu garīgos priekšmetus!

Jaunumu uzņemšana no šīs pasaules

Kādu dzīvi dzīvo ļaudis Debesu Gaidīšanas Vietā? Viņi izjūt patiesu mieru sirdī un gatavojas uz saviem mūžīgajiem mājokļiem Debesīs. Cilvēks neizjūt nekāda trūkuma, bauda laimi un priecājas. Ļaudis neiznieko laiku pa tukšo, viņi turpina uzzināt daudz jauna no eņģeļiem un praviešiem.

Starp viņiem nozīmēti līderi, un dzīve notiek pēc atbilstošas kārtības. Ļaudīm aizliegts nolaisties uz šo zemi, tāpēc viņi vienmēr interesējas par to, kas šeit notiek. Viņu uzmanību nesaista pasaulīgi notikumi, bet viņi parāda ziņkārību par jautājumiem, kas saistīti ar Dieva Valstību, piemēram: «Kā klājas draudzei, kurā es kalpoju? Par cik viņa ir izpildījusi tai dotos uzdevumus? Kā attīstās vispasaules misijas kalpošana?»

Ticīgie ir ļoti apmierināti, kad no eņģeļiem, kuri var nākt uz mūsu zemi, vai no Jaunās Jeruzalemes praviešiem dzird jaunumus par šo pasauli.

Reiz Dievs parādīja man dažus manas draudzes locekļus, kuri patreizējā laikā paliek Debesu Gaidīšanas Vietā. Viņi lūdzas un gaida jaunumus no manas draudzes. Viņus sevišķi interesē mērķis, kas nolikts mūsu draudzes priekšā, – vispasaules misija un jaunā lielā tempļa būvniecība. Viņi ir laimīgi katru reizi, kad viņiem izdodas sadzirdēt labas vēstis. Uzzinot, kā mēs pagodinām Dievu, rīkojot dažādās valstīs evaņģelizācijas pasākumus, viņi priecājas un rīko svētkus.

Debesu Gaidīšanas Vietā ticīgie pavada laimīgu un brīnumjauku laiku, reizēm uzzinot jaunumus par šo zemi.

Stingrā kārtība Debesu Gaidīšanas Vietā

Ļaudis ar dažādiem ticības līmeņiem, kuri pēc Tiesas Dienas ieies dažādos Debesu mājokļos, paliek Gaidīšanas Vietā, kur ir stingri noteikta kārtība. Tie, kam ir maza ticība, noliecot galvu izrāda cieņu cilvēkam ar lielāku ticību. Garīgie rīkojumi tiek nodoti nevis rēķinoties ar pozīciju uz šīs pasaules, bet ņemot vērā cilvēka svētumu un viņa uzticamību dotajiem Dieva pienākumiem.

Likumi tiek stingri ievēroti, tāpēc ka Debesīs valda Dieva taisnīgums. Tā ka kārtības uzturēšana pamatojas uz gaismas spožumu, taisnīguma pakāpi un katra ticīgā mīlestības lielumu, nevienam nerodas vēlme žēloties. Tur visi pakļaujas garīgajiem likumiem, jo izglābto sirdīs nav ļaunuma.

Taču šī kārtība un dažādais gods nav domāts tam, lai radītu piespiedu paklausību. Tā saistīta tikai ar mīlestību un cieņu, kas nāk no patiesām un atklātām sirdīm. Tāpēc Debesu Gaidīšanas Vietā ciena tos, kuri sasnieguši sirdī vairāk un parāda tādu attieksmi ar galvas paklanīšanu, jo ļaudis dabīgi jūt garīgo atšķirību.

4. Ļaudis, kuri nav Gaidīšanas Vietā

Visi ļaudis, kuri pēc Tiesas Dienas ieies attiecīgajā debesu mājvietā, patreizējā laikā paliek Debesu Gaidīšanas Vietā, Paradīzes nomalē. Taču sastopami daži izņēmumi. Tie, kam vajag doties uz Jauno Jeruzalemi, pašu brīnišķīgāko vietu Debesīs, taisnā ceļā paceļas turp, lai palīdzētu Dieva darbā. Viņi, esot ar Dieva sirdi, skaidru un brīnišķīgu kā kristāls, dzīvo īpašā Dieva mīlestībā un Viņa aizbildniecībā.

Jaunajā Jeruzalemē viņi palīdz Dieva darbā

Kur tagad atrodas ticības tēvi, svētie un uzticamie visā Dieva namā, tādi, kā Elija, Enoks, Ābrahāms, Mozus un apustulis Pāvils? Vai viņi paliek Paradīzes nomalē, Debesu Gaidīšanas Vietā? Nē, jo šie cilvēki pilnībā kļuvuši svēti un līdzīgi Dievam, viņi jau tagad atrodas Jaunajā Jeruzalemē. Tomēr, sakarā ar to, ka Tiesa vēl nav bijusi, viņi nav iegājuši savos nākošajos mūžības mājokļos.

Kur viņi atrodas Jaunajā Jeruzalemē? Pilsētā, kuras platums, garums un augstums sastāda dažādu līmeņu garīgās dimensijas. Eksistē vieta priekš Dieva Troņa, daži rajoni ar celtnēm, kas tiek būvētas un citas vietas, kur ticības tēvi, kuri jau iegājuši Jaunajā

Jeruzalemē strādā kopā ar Kungu.

Ticības tēvi, kas atrodas Jaunajā Jeruzalemē, sapņo par to dienu, kad viņi ieies savās mūžīgajās mājvietās, bet tagad palīdz Kungam gatavot mūsu mājokļus. Viņi ļoti tiecas nokļūt savās mūžīgajās mājās, bet tur atļauts ieiet tikai pēc Jēzus Kristus Otrās Atnākšanas padebešos, Septiņgadu Kāzu mielasta un Tūkstošgadu valdīšanas uz šīs zemes.

Apustulis Pāvils, kurš ar visu sirdi tiecās uz Debesīm, atklāja Otrajā Vēstulē Timotejam 4:7-8:

«Labo cīņu es esmu izcīnījis, skrējienu esmu pabeidzis, ticību esmu turējis. Atliek man tikai saņemt taisnības vainagu, ko mans Kungs, taisnais tiesnesis, dos man viņā dienā, un netikvien man, bet arī visiem, kas ir iemīlējuši viņa parādīšanos.»

Tie, kas veic ticības varoņdarbu un cer uz Kunga atgriešanos, ir ar noteiktu cerību uz mājokli un balvu Debesīs. Jūsu ticība un jūsu cerība var nostiprināties, ja jūs vairāk uzzināsiet par garīgo valstību, un tieši tādēļ es sīki stāstu par Debesīm.

Ēdenes dārzs Otrajās Debesīs vai Gaidīšanas Vieta Trešajās Debesīs ir daudz brīnišķīgāka nekā šī pasaule, bet pat tās nevar salīdzināt ar Jaunās Jeruzalemes godību un krāšņumu, kur atrodas Dieva Tronis. Tāpēc Tā Kunga vārdā, es lūdzu par to, lai jūs ne tikai tiektos uz Jauno Jeruzalemi ar tādu ticību un cerību, kāda bija apustulim Pāvilam, bet tāpat izplatītu Evaņģēliju, pievestu daudzas dvēseles uz glābšanas ceļa, pat ja, lai piepildītu šo mērķi būs nepieciešama visa jūsu dzīve.

3. Nodaļa.

Septiņgadu Kāzu mielasts

1. Jēzus atgriešanās un Septiņgadu Kāzu mielasts
2. Tūkstošgadu miera Valsts
3. Apbalvošana ar Debesīm pēc Tiesas Dienas

«Svētlaimīgs un svēts ir tas,
kam daļa pie pirmās augšāmcelšanās.
Pār tādiem otrai nāvei nav varas;
bet tie būs Dieva un Kristus priesteri
un valdīs kopā ar Viņa tūkstoš gadu.»

- Jāņa Atklāsmes Grāmata 20:6 -

Pirms jūs saņemsiet savu balvu un sāksiet mūžīgo dzīvi Debesīs, nepieciešams iziet Sodu Baltā Troņa priekšā. Pirms Lielās Soda dienas notiks Otrā Kunga Atnākšana padebešos, Septiņgadu kāzu mielasts, Kunga atgriešanās uz zemes un Tūkstošgadu Miera Valsts.

Viss tas parāda to, ko Dievs sagatavojis Savu iemīļoto bērnu mierinājumam, kuri uz šīs zemes glabāja savu ticību, ļaujot viņiem nobaudīt Debesis.

Tāpēc tie, kas tic Otrajai Kunga Atnākšanai un cer satikt Viņu, mūsu Līgavaini, ar nepacietību gaidīs Septiņgadu Kāzu mielastu un Tūkstošgadu Dieva Vārdu, kas rakstīts Bībelē, patiesi, arī šodien piepildās visi pravietojumi.

Nepieciešams būt gudram ticīgajam un ar visiem spēkiem censties sagatavot sevi kā Viņa līgavu, saprotot, ka, ja jūs neesat atdzimuši un nedzīvojat saskaņā ar Dieva Vārdu, jums Kunga diena atnāks līdzīgi zaglim un jūs sagaida nāve.

Tagad sīki izskatīsim visus brīnumus, kurus piedzīvos Dieva bērni pirms viņi nonāks Debesīs – skaidrās un brīnišķīgās kā kristāls.

1. Jēzus atgriešanās un Septiņgadu Kāzu mielasts

Vēstulē Romiešiem 10:9 apustulis Pāvils raksta: *«Jo, ja tu ar savu muti apliecināsi Jēzu par Kungu un savā sirdī ticēsi, ka Dievs viņu uzmodinājis no miroņiem, tu tiksi izglābts.»* Lai iegūtu glābšanu, vajag ne tikai atzīt, Jēzu kā savu Glābēju, bet tāpat sirdī ticēt, ka Viņš nomiris un augšāmcēlies no mirušiem. Ja jūs neticat Jēzus augšāmcelšanai, tad jūs nevarēsiet noticēt savai personīgai augšāmcelšanai Otrajā Kunga Atnākšanas reizē. Jums pat nebūs ticības uz Viņa atgriešanos. Ja jūs neesat spējīgi ticēt Debesu eksistencei, jums neiegūt spēku tam, lai dzīvotu atbilstoši Dieva Vārdam un saņemtu glābšanu.

Kristīgās dzīves augstākais mērķis

Par to runāts Pirmajā vēstulē Korintiešiem 15:19: *«Ja mēs tikai šinī dzīvē vien ceram uz Kungu, tad esam visnožēlojamākie cilvēki.»* Atšķirībā no neticīgajiem šīs pasaules ļaudīm, Dieva bērni iet uz baznīcu, apmeklē dievkalpojumus un katru svētdienu piedalās daudzās kalpošanās Kungam. Lai dzīvotu saskaņā ar Dieva Vārdu, viņi bieži gavē un patiesi lūdzas Dieva svētnīcā rītos un vakaros, kaut reizēm jūt vajadzību atpūsties.

Viņi nemeklē personīgo izdevīgumu, bet kalpo citiem, ziedojot sevi Dieva Valstības dēļ. Tieši tāpēc, ja Debesis neeksistētu, uzticīgos varētu tikai pažēlot. Tomēr, Kungs noteikti atgriezīsies, lai paņemtu jūs uz Debesīm, un Viņš gatavo jums brīnišķīgu mājokli. Kungs apbalvos jūs saskaņā ar to, ko jūs esat sējuši un izdarījuši šajā pasaulē.

Mateja Evaņģēlijā 16:27 Jēzus saka: *«Jo Cilvēka Dēls nāks savā Tēva godībā ar saviem eņģeļiem, un tad viņš ikkatram atmaksās pēc viņa darbiem.»* Šeit vārdi «atmaksās ikvienam pēc viņa darbiem» nenozīmē vienkāršu nonākšanu uz Debesīm vai uz elli.

Ticīgo balva un gods, kuri nokļūs Debesīs, atšķirsies no tā, kā viņi dzīvojuši šajā pasaulē. Daži baidās sadzirdēt to, ka Kungs drīz atgriezīsies. Tomēr, ja jūs patiesi mīlat Dievu un cerat uz Debesīm, dabiski, ka vēlaties ātrāk satikt Kungu. Ja jūs apliecināt ar savām lūpām: «Es mīlu Tevi, Kungs,» bet nevēlaties vai pat baidāties dzirdēt par Viņa atgriešanos, nevar teikt, ka jums ir neviltota mīlestība uz Kungu. Ar prieku savā sirdī pieņemiet Kungu, savu Līgavaini, ar nepacietību gaidot Viņa Otro Atnākšanu un gatavojat sevi kā labu Viņa līgavu.

Otrā Kunga Atnākšana padebešos

Par to rakstīts Pirmajā vēstulē Tesaloniķiešiem 4:16-17: *«Pats Kungs nāks no debesīm, kad Dievs to pavēlēs, atskanot erceneņģeļa balsij un Dieva bazūnei: tad pirmie celsies tie, kas ticībā uz Kristu miruši. Pēc tam mēs, dzīvie, kas vēl pāri palikuši, kopā ar viņiem tiksim aizrauti gaisā padebešos, pretim tam Kungam. Tā mēs būsim kopā ar to Kungu vienmēr.»*

Kad Kungs atgriezīsies no jauna padebešos, katrs Dieva bērns izmainīsies un kļūs par garīgo ķermeni un pacelsies gaisā, lai būtu ar Kungu. Izglābto ticīgo mirušie ķermeņi apglabāti, bet šo ļaužu gars gaida Paradīzē. Par viņiem saka, ka viņi «aizmiguši Kungā.» Gars savienosies ar garīgo ķermeni, kas būs pārveidots no vecā apglabātā ķermeņa. Pēc viņiem sekos tie, kas pieņēmuši Kungu, nepieredzot nāvi viņi pārmainīsies garīgos ķermeņos un būs paņemti gaisā.

Dievs rīkos Kāzu mielastu gaisā

Kad Kungs atgriezīsies padebešos, katrs izglābtais no

radīšanas laika, pieņems Viņu kā Līgavaini. Tajā laikā Dievs sāks Septiņgadu Kāzu mielastu, lai mierinātu Savus bērnus, kuri izglābās ticībā. Vēlāk viņi protams saņems balvu Debesīs par saviem darbiem, bet pašreiz Dievs rīko šo mielastu gaisā, lai mierinātu visus Savus bērnus.

Piemēram, ja pulkvedis atgriežas ar uzvaru, kā rīkojas ķēniņš? Par teicamu kalpošanu viņš apdāvinās viņu ar daudzām balvām. Ķēniņš var piešķirt viņam māju, zemi, naudas apbalvojumu un tāpat rīkot mielastu viņam par godu.

Tādā pat veidā pēc Lielās Tiesas Debesīs Dievs dos Saviem bērniem mājokli un balvu, bet pirms tā Viņš tāpat rīkos Kāzu mielastu, lai Viņa bērni labi pavadītu laiku un dalītos savā priekā. Kaut arī šajā pasaulē kalpošana priekš Dieva Valstības katram bija atšķirīga, Dievs aicina uz mielastu visus izglābtos.

Kur atrodas «gaiss», kurā notiks Septiņgadu Kāzu mielasts? Vārds «gaiss» šeit attiecas ne uz debesīm, kuras mēs redzam. Ja šis «gaiss» būtu vienkārši debesis, kuras mēs parasti redzam, visi izglābtie atnāktu uz mielastu peldot pa debesīm. Bez tam, no radīšanas laika būs ļoti daudz izglābto dvēseļu, un viņas visas nevarēs būt klāt šajās zemes debesīs.

Šis mielasts ieplānots un ļoti labi sagatavots, tāpēc ka Pats Dievs nodrošinās tā norisi, lai mierinātu Savus bērnus. Tam eksistē vieta, kuru sen nodrošinājis Kungs. Šis – «gaiss», kuru Dievs sagatavojis Septiņgadu Kāzu mielastam atrodas Otrajās Debesīs.

«Gaiss» attiecas uz Otrajām Debesīm

Vēstulē Efeziešiem 2:2 runāts par to laiku, kad *«Kuros reiz dzīvojāt, pakļauti šīs pasaules varas nesējam, gaisa valsts valdniekam, garam, kas vēl tagad ir spēcīgs nepaklausības bērnos.»* Tāpēc «gaiss» tāpat attiecas uz to gaisa telpu, kur ir vara ļaunajiem gariem.

Taču vieta, kur notiks Septiņgadu Kāzu mielasts un, kur mājo ļaunie gari, nav viens un tas pats. Iemesls, kāpēc tiek lietots vienāds termins «gaiss» ir tāpēc, ka abas vietas attiecas uz Otrajām Debesīm. Tomēr, pat Otrās Debesis – nav vienota telpa: tā sadalīta vairākās sfērās. Tāpēc vieta, kur notiks Kāzu mielasts, atdalīta no apgabala, kur mājo ļaunie gari.

Dievs radīja jaunu garīgo sfēru, nosauca to par Otrajām Debesīm, izmantojot kādu daļu no visas garīgās valsts. Pēc tam Viņš sadalīja šo apgabalu divās daļās. Viena no tām – Ēdene, kura ir gaismas sfēra, piederoša Dievam, bet otra – tumsas zona, kuru Dievs atdevis ļaunajiem gariem.

Dievs radīja Ēdenes dārzu, kura austrumu daļā vajadzēja palikt Ādamam, kamēr nesākās cilvēka attīstība. Kungs ņēma Ādamu un novietoja viņu šajā dārzā. Tumsas apgabalu Dievs atdeva ļaunajiem gariem, atļaujot tiem palikt tur. Šī zona un Ēdene ir stingri atdalītas.

Septiņgadu Kāzu mielasta vieta

Kur notiks Septiņgadu Kāzu mielasts? Ēdenes dārzs – tā ir tikai daļa no Ēdenes un tur ir daudz citu rajonu. Vienā no šiem plašumiem Dievs sagatavojis vietu priekš Septiņgadu Kāzu mielasta.

Vieta, kur notiks Septiņgadu Kāzu mielasts, ir daudz skaistāka par Ēdenes dārzu. Tur aug brīnumskaistas puķes un koki. Spilgti mirgo daudzkrāsainas ugunis, un šo vietu ieskauj neizsakāmi skaista un tīra daba.

Telpa šeit ir tik plaša, ka visi izglābtie, sākot no pasaules radīšanas, satiekas mielastā. Šajā vietā atrodas milzīga pils un izglābtos sagaida neiedomājami laimīgi mirkļi. Tagad man gribētos ielūgt jūs uz pili, kur notiks Septiņgadu Kāzu mielasta svinēšana. Es ceru, ka jūs varēsiet izjust laimi, kļūstot par Kunga līgavu, Kurš būs goda viesis mielastā.

Satikšanās ar Kungu krāšņā un brīnišķīgā vietā

Ieejot banketa zālē jūs nokļūsiet gaišā ar spožām gaismām piepildītā telpā, kuru agrāk jūs nekad neesat redzējuši. Jūsu ķermenis kļūst vieglāks par spalviņu. Kad jūs mīksti piezemējaties uz zaļās zāles, jūsu acis sāk ievērot apkārtējo pasauli, kura no ļoti spožas gaismas, pirms tam šķita neredzama. Redzamas debesis, ezers, tik skaidrs un tīrs, ka apžilbina jūsu acis. Zilie ezeri līdzinās dārgakmeņiem, kuri izstaro savu brīnišķīgo gaismu katru reizi, kad viegli saviļņojas ūdens.

Viss piepildīts ar puķēm un šo apgabalu ieskauj zaļš mežs. Puķes šūpojas uz priekšu un atpakaļ, it kā tās jums mātu un jūs sajūtat piepildītu, brīnumainu un saldu aromātu, kādu iepriekš nekad neesat jutuši. Drīz parādās daudzkrāsaini putni, sveicinot jūs ar savu dziedāšanu. Ezerā, kurš ir tik tīrs, ka ļauj ieraudzīt visu, kas atrodas zem ūdens virsmas, peld apbrīnojami skaistas zivis, kuras paceļ galvas un apsveicinās ar jums.

Pat zāle uz kuras jūs stāvat, tikpat mīksta kā vate. Vējš, kas viegli plivina jūsu apģērbu, klusi glaužas ap jums. Šajā momentā jūsu acis sajūt spēcīgu gaismu, un jūs redzat vienu cilvēku, stāvošu šīs gaismas vidū.

Kungs apskauj jūs ar vārdiem: «Mana līgava, Es mīlu Tevi!»

Ar lēnprātīgu smaidu uz sejas un rokām, kas plati atvērtas apskāvienam, Viņš aicina jūs pieiet pie Viņa. Jums tuvojoties, Viņa seja kļūst skaidri saskatāma. Jūs pirmo reizi redzat Viņa seju, taču ļoti labi zināt, kas Viņš ir. Tas – Kungs Jēzus, jūsu Līgavainis, Kuru jūs mīlat un visu šo laiku vēlējāties ieraudzīt. Šajā momentā jūsu acis piepildās asarām, jūs raudat un nevarat apstāties, tāpēc ka jūs atcerējāties savu laiku uz šīs zemes.

Tagad jūs atrodaties seju pret seju ar Kungu, kurš palīdzējis jums uzvarēt mūsu pasaulē pat pašās grūtākās situācijās, sastopot vajāšanas un pārbaudījumus. Kungs pienāk pie jums, piekļauj pie Sevis un saka: «Mana līgava, kuru Es gaidīju šajā dienā. Es mīlu tevi.»

Pēc tā jums no acīm līst vēl vairāk asaru. Tad Kungs uzmanīgi noslauka jūsu asaras, un jūs sajūtat spēcīgu apskāvienu. Ja paskatāties Viņa acīs, var sajust Viņa sirdi: «Es zinu visu par tevi. Man ir zināmas visas tavas asaras un sāpes. No šī brīža būs tikai laime un prieks.»

Cik ilgi jūs tiecāties uz tādu mirkli? Atrodoties Viņa apskāvienos, mēs esam vislielākajā mierā, un visu jūsu ķermeni pārņem prieks un piepildījums.

Tagad jūs dzirdat maigu, dziļu un skaistu slavēšanas mūziku. Kungs ņem jūs aiz rokas un ved turp, no kurienes nāk slavēšana.

Kāzu mielasta zāle pilna krāsainas gaismas

Mirkli vēlāk jūs redzat greznu gaišu pili, kura izstaro varenumu un skaistumu. Kad stāvi pils vārtu priekšā, tie klusi atveras, un no pils nāk spožas ugunis. Kad jūs ieejat pilī ar Kungu, no tās plūst gaisma it kā jūs aicinot iekšā, tur atrodas liela zāle, kuras otru galu nevar saredzēt.

Zāle izgreznota brīnišķīgiem priekšmetiem un rotājumiem, un pilna brīnišķīgām, spožām ugunīm. Slavēšanas skaņas kļūst tagad skaidrākas un tās maigi izplatās pa visu zāli. Beidzot skaļā balsī Kungs pasludina par Septiņgadu Kāzu mielasta sākumu un jums šķiet, ka tas viss notiek sapnī.

Jūs esat laimīgs? Protams, ne katrs aicinātais uz mielastu, var tā būt ar Kungu. Tikai tie, kas tam ir gatavi, varēs sekot Viņam un būt Viņa apskāvienos.

Tāpēc nepieciešams sagatavot sevi kā līgavu un piedalīties dievišķajā būtībā. Un pat, ja ne visi ļaudis varēs paņemt Kungu aiz rokas, viņi sajutīs tādu pat laimi un piepildījumu.

Laimīgu mirkļu ar dziesmām un dejām baudīšana

Sākoties Kāzu mielastam, jūs dziedāsiet un dejosiet ar Kungu, svinot Dieva Tēva vārdu. Dejojot ar Kungu jūs varēsiet runāties ar Viņu par to, kā jūs dzīvojāt uz šīs zemes, vai par Debesīm, kur jūs gatavojaties dzīvot.

Jūs tāpat parunāsiet par Dieva Tēva mīlestību un godināsiet Viņu. Jūs varēsiet vadīt brīnišķīgas sarunas ar ļaudīm ar kuriem jums sen gribējies sazināties.

Jūs baudīsiet augļus, kuri kūst jūsu mutē un dzersiet

ūdeni, kurš plūst no Tēva Troņa un mielasts turpināsies. Jums nevajadzēs palikt pilī visus septiņus gadus. Laiku pa laikam no tās var iziet, pavadot priecīgus momentus ārpus pils sienām. Kādi priecīgi notikumi sagaida jūs aiz tās robežām. Jūs varat baudīt skaisto dabu ar tās mežiem, kokiem, puķēm un putniem. Varat pastaigāties ar jums tuviem cilvēkiem pa ceļiem, greznotiem ar brīnišķīgām puķēm, sarunāties ar tām un slavēt Kungu ar dziesmām un dejām. Tur būs daudz prieka. Piemēram, ļaudis varēs vizināties ar laivām pa ezeru kopā ar tiem, ko viņi mīl, vai ar Savu Kungu. Jūs varēsiet peldēties vai priecāties ar dažāda veida izklaidēm vai spēlēm. Dievišķā mīlestība un rūpes paredzējušas daudz ko, kas atnesīs jums neiedomājamu prieku un sajūsmu.

Septiņu Kāzu mielasta gadu laikā, gaisma nekad nenodziest. Protams, Ēdene – gaismas apgabals un tur nav nakts. Tur nav vajadzības pēc atpūtas vai miega, kā uz šīs zemes. Neatkarīgi no tā, cik ilgi būs svinēšana, tāda darbošanās jūs nekad nenogurdinās, bet prieka un laimes stāvoklis pieaugs.

To izsauc tas, ka tur nav laika, un šie septiņi gadi līdzīgi septiņām dienām vai pat septiņām stundām. Pat, ja uz zemes palikuši jūsu vecāki, bērni vai radinieki, kuri netika paņemti un cieš Lielo Bēdu laikā, no prieka un laimes laiks aizlido tik ātri, ka jūs nedomājat par viņiem.

Pateicība par glābšanu

Ļaudis Ēdenes dārzā un Kāzu mielasta viesi, var redzēt cits citu, bet viņi nevar pienākt un aiziet. Bez tam ļaunie gari arī var redzēt Kāzu mielastu un jūs viņus. Protams, ļaunie gari nevar pat domāt par to, lai pieietu mielasta vietai, bet jūs viņus redzēsiet.

Vērojot mielastu un to, cik cilvēki ir laimīgi, ļaunie gari izjūt lielas sāpes, jo viņi nav spējīgi paņemt kaut vai vienu cilvēku uz elli un atstāj ļaudis Dievam.

Skatoties uz ļaunajiem gariem, jūs atceraties par to, kā jūsu attīstības laikā uz šīs zemes, viņi centās aprīt jūs līdzīgi rēcošam lauvam.

Jūs sākat izjust vēl vairāk pateicības par Dieva Tēva, Kunga un Svētā Gara labestību, kuri pasargāja jūs no tumsas spēkiem un virzīja uz to, lai jūs kļūtu par Dieva bērnu. Un vēl, jūsos parādās vēl vairāk pateicības pret tiem, kas palīdzēja jums sekot dzīvības ceļam.

Tāpēc Septiņgadu Kāzu mielasts – tas ir ne tikai laiks atpūtai un mierinājumam par sāpēm, kas pārdzīvotas attīstības laikā uz šīs zemes, bet tāpat periods, kurš atgādina par laiku, pavadīto mūsu pasaulē, lai mēs piepildītos ar lielu pateicību par Dieva mīlestību.

Jūs tāpat domājat par dzīvi Debesīs, kura būs vēl brīnišķīgāka nekā Septiņgadu Kāzu mielasts. Laimi Debesīs nevar salīdzināt ar Septiņgadu Kāzu mielastu.

Septiņi Lielo Bēdu gadi

Tajā laikā, kad Gaisā noris laimīgais kāzu mielasts, uz šīs zemes iestājas Septiņi Lielo Bēdu gadi. Sakarā ar milzīgā mēroga Lielajām Bēdām, kādas nav bijušas un nebūs vēlāk, liela daļa zemes būs sagrauta, bet lielākā daļa palikušo cilvēku nomirs.

Protams daži no viņiem izglābsies, tā saucamais «izglābtais atlikums.» Pēc Otrās Kunga Atnākšanas daudz ļaužu paliks uz šīs zemes, tāpēc ka viņi vispār neticēja, vai viņiem nebija vajadzīgā ticība. Tomēr, ja Septiņu Lielo Bēdu gados viņi nožēlos grēkus un kļūs par mocekļiem, tad varēs iegūt glābšanu. Tas nozīmē «izglābtais atlikums.»

Tomēr nebūs vienkārši Septiņu Lielo Bēdu gados kļūt par mocekli. Pat, ja sākumā cilvēks nolems kļūt par mocekli, nežēlīgo spīdzināšanu un Antikrista vajāšanu dēļ, kurš piespiedīs visus pieņemt zīmi «666», lielākā ļaužu daļa atteiksies no Kunga.

Sākumā viņi stingri atteicās no šī zīmoga, tāpēc ka viņiem zināms, ka šī zīme runā par piederību sātanam. Bet ļoti grūti izturēt spīdzināšanas, ko pavada neizturamas sāpes.

Ja cilvēks spēj pārvarēt visas mocības, viņš padodas, kad viņa acu priekšā spīdzina viņam tuvos cilvēkus un ģimenes locekļus. Tieši tādēļ ļoti sarežģīti izglābties kā «izglābtajam atlikumam.» Tā kā šajā laikā ļaudis nevarēs jau vairs saņemt palīdzību no Svētā Gara, viņiem būs vēl grūtāk saglabāt ticību.

Es ceru, ka neviens no šīs grāmatas lasītājiem nesaskarsies ar Septiņiem Lielo Bēdu gadiem. Iemesls, kādēļ es stāstu par šo periodu, ir tas, lai paziņotu par precīzu notikumu piepildīšanos, kas sarakstīti Bībelē attiecībā uz beigu laiku.

Cits iemesls ir brīdināt tos, kurus atstās uz zemes pēc tam, kad Dieva bērni tiks aizrauti gaisā. Tajā laikā, kad patiesie ticīgie pacelsies padebešos, lai piedalītos Septiņgadu Kāzu mielastā, šo zemi sagaida nelaimīgs periods – Septiņi Lielo Bēdu gadi.

Mocekļi iegūs «izglābtā atlikuma» nosaukumu

Pēc Kunga atgriešanās padebešos, daži no tiem, kas nebija paņemti gaisā, nožēlos to, ka nepietiekoši ticējuši Jēzum Kristum.

Pie «izglābtā atlikuma» viņus virzīs Dieva Vārds, ko sludina baznīca, kura beigu laikā parāda daudz Dieva spēka darbus. Viņi uzzinās, kā izglābties, kā tālāk attīstīsies notikumi un, kā vajag reaģēt pasaules kataklizmās par kurām pravietots Dieva Vārdā.

Daži tiešām nožēlos grēkus Dieva priekšā un izglābsies kļūstot par mocekļiem. Protams tādu ļaužu vidū atradīsies arī izraēlieši. Viņi sadzirdēs «Vārdu par Krustu» un sapratīs, ka Jēzus, kuru viņi neatzina par Mesiju, ir patiess Dieva Dēls un visas cilvēces Glābējs. Tad viņi nožēlos grēkus kļūstot par «izglābto atlikumu.» Viņi sapulcēsies, lai kopā izaudzētu savu ticību un daži no viņiem, uzzinot Dieva prātu kļūs par mocekļiem, lai izglābtos.

Tādā veidā grāmatas, kurās skaidri izskaidrots Dieva Vārds, ne tikai vērtīgas priekš tā, lai nostiprinātu daudzu ticīgo ticību, bet tāpat tās spēlēs ļoti svarīgu lomu tiem, kurus nepaņems gaisā. Tāpēc jums vajadzīgs saprast apbrīnojamo mīlestību un Dieva labsirdību, kurš sagatavojis visu, lai glābtu tos, kuri paliks pēc Kunga Otrās Atnākšanas padebešos.

2. Tūkstošgadu miera Valsts

Līgavas, kuras beigušas Septiņgadu Kāzu mielastu, nolaidīsies uz šo zemi un tūkstoš gadus valdīs kopā ar Kungu (Atklāsmes 20:4). Kad Kungs atgriezīsies uz zemes, Viņš attīrīs vispirms gaisu, bet pēc tam atjaunos visu dabu un darīs to skaistu.

Jaunās attīrītās zemes apmeklējums

Līdzīgi tam, kā jaunlaulātie aizbrauc uz medusmēnesi, jūs veiksiet ceļojumu ar Kungu, savu Līgavaini Tūkstošgadu valdīšanas laikā pēc Septiņgadu Kāzu mielasta. Ko gan jums vispirms gribēsies apmeklēt? Dieva bērni, Kunga līgava, vēlēsies paskatīties uz šo zemi, jo drīz viņiem nāksies to pamest. Pēc Tūkstošgades Dievs pārvietos visu, kas attiecas uz Pirmajām Debesīm: zemi, uz kuras notika cilvēces attīstība, sauli un mēnesi.

Tādēļ pēc Septiņgadu Kāzu mielasta Dievs Tēvs no jauna brīnišķīgi iekārtos zemi un Tūkstošgadu valsts laikā atļaus mums valdīt uz tās kopā ar Kungu pirms tās novietošanas citā vietā. Tas – iepriekš izplānots process saskaņā ar Dieva gribu, kad sešās dienās Viņš visu radīja Debesīs un uz zemes, atpūšoties septītajā dienā. Tas tiek darīts jūsu dēļ, lai jūs nejustu žēlumu pret atstāto zemi. Jūs izbaudīsiet lielisku laiku, kad kopā ar Kungu valdīsiet šajā skaistajā, atjaunotajā zemē. Apmeklējot visas tās vietas, kurās jūs neesat bijuši dzīves laikā uz šīs zemes, jūs sajutīsiet laimi un prieku, kādu jūs iepriekš nepazināt.

Valdīšana tūkstoš gadu laikā

Šajā laikā nebūs ienaidnieka – velna un sātana. Tāpat kā Ēdenes dārzā, šeit būs tikai miers un brīnišķīgi apstākļi. Uz šīs zemes paliks tie, kas izglābti un Kungs, bet viņi nesāks dzīvot kopā ar miesīgajiem cilvēkiem, kuri pārdzīvojuši Lielās Bēdas. Izglābtie ticīgie kopā ar Kungu mājos atsevišķā vietā, kas līdzinās ķēniņa pilij. Citiem vārdiem garīgie ļaudis dzīvos pils robežās, bet miesīgie – ārpus tās, tāpēc ka garīgie un miesīgie ķermeņi nevar kopā atrasties vienā vietā.

Garīgie ļaudis jau pārvērtušies garīgos ķermeņos iegūstot mūžīgo dzīvību. Viņi pārtiks no puķu aromāta, bet reizēm tāpat varēs ieēst ēdienu ar miesīgajiem ļaudīm, ja atradīsies kopā ar viņiem. Tomēr, pat, ja tāds cilvēks ēd, viņš neizdala ekskrementus, kā miesīgi ļaudis. Ja viņam arī nākas ieēst fizisku barību, tad ar elpošanas palīdzību tā izkusīs gaisā.

Miesīgie ļaudis sagribēs pavairot savu skaitu uz zemes, tāpēc ka pēc Septiņiem Lielo Bēdu gadiem dzīvo būs palicis maz. Šajā laikā nebūs slimību un ļaunuma, tāpēc ka gaiss kļūs tīrs, bet ienaidnieks velns un sātans tur neparādīsies. Tā kā ienaidnieks velns un sātans, kurš valda ļaunumu, būs ieslodzīts Bezdibenī, netaisnība un ļaunums cilvēka dabā neizpaudīsies (Atkl. 20:3). Tā kā nāves nebūs, zeme no jauna piepildīsies ar ļaudīm.

Ko ēdīs miesīgie ļaudis? Kad Ādams un Ieva dzīvoja Ēdenes dārzā, viņi ēda tikai augļus un augus, kas nogatavina sēklu (1. Mozus 1:29). Pēc tā, kā Ādams un Ieva nepaklausīja Dievam un bija izdzīti no Ēdenes dārza, viņi sāka ēst lauka augus (1. Mozus 3:18). Pēc plūdiem, Noasa laikā, pasaule piepildījās ar ļaunumu, un Dievs atļāva cilvēkiem ēst gaļu. Jūs redziet ka, jo vairāk ļaunuma pasaulē, jo netīrāka kļūst ļaužu barība.

Tūkstošgadu valsts laikā ļaudis ēdīs lauku graudaugu kultūras vai koka augļus. Viņi nesāks ēst nekādu gaļu, līdzīgi tam, kā rīkojās cilvēki līdz plūdiem Noasa laikos, tāpēc ka nebūs ļaunuma vai slepkavību. Tāpat ņemot vērā to, ka Lielo Bēdu laikā visas civilizācijas izrādīsies sagrautas karos, ļaudis atgriezīsies pie primitīva dzīvesveida un vairosies uz zemes, kuru Dievs būs atjaunojis. Viņi no jauna sāks dzīvot tīras dabas klēpī, kura nebūs piesārņota, bet mierīga un skaista.

Un vēl, kaut arī līdz Lielajām Bēdām eksistēja ļoti attīstīta civilizācija, trūkstot zināšanām, sasniegt pašreizējo līmeni, simts vai divsimts gados nevar. Tomēr, laika gaitā ļaudis būs spējīgi sakrāt zināšanas, lai Tūkstošgades beigās nokļūtu uz šodienas attīstības līmeņa.

3. Apbalvošana ar Debesīm pēc Tiesas Dienas

Pēc Tūkstošgadu valsts uz īsu laiku Dievs atbrīvos ienaidnieku velnu un sātanu, kurš bija ieslodzīts cietumā Bezdibenī, bezdibeņa aizā (Atkl. 20:1-3). Lai arī Pats Kungs valda uz šīs zemes, virzot miesīgos ļaudis, kuri pārdzīvos Lielās Bēdas un viņu pēcnācējus uz mūžīgo glābšanu, viņu ticība nebūs patiesa. Tāpēc Dievs pieļaus ienaidniekam velnam un sātanam kārdināt tos.

Daudzi no miesīgiem ļaudīm kļūs piemānīti un nostāsies uz iznīcības ceļa (Atkl. 20:8). Un Dieva ļaudis no jauna sapratīs iemeslu tam, kāpēc Dievs radīja elli un sapratīs lielo Dieva mīlestību, kurš ar attīstības palīdzību grib iegūt patiesus bērnus.

Ļaunos garus, kuri uz īsu brīdi iegūs brīvību, no jauna ieslodzīs bezdibeņa aizā un notiks Tiesa Lielā Baltā Troņa priekšā (Atkl. 20:12). Kā notiks šī tiesa?

Dievs vada Tiesu Baltā Troņa priekšā

1982. gada jūlijā, laikā, kad es lūdzos par baznīcas atvēršanu, man kļuva zināms par Sodu Lielā Baltā Troņa priekšā. Dievs sīki parādīja man scēnu, kurā Viņš tiesā visus ļaudis. Kungs Jēzus Kristus un Mozus stāv Troņa priekšā, un apkārt atrodas tie, kuriem atvēlēta zvērināto advokātu loma.

Atšķirībā no šīs pasaules tiesnešiem Dievs ir pilnīgs un

nepieļauj kļūdas. Tomēr Viņš tiesā kopā ar Kungu – mīlestības aizstāvi, Mozu – apsūdzētāju pēc bauslības un tāpat citiem ļaudīm – zvērinātiem piesēdētājiem. Jāņa Atklāsmes grāmatā 20:11-15 precīzi aprakstīts, kā sāks tiesāt Dievs:

> *«Tad es redzēju lielu baltu goda krēslu un to, kas tanī sēdēja; no viņa vaiga bēga zeme un debess, un tiem nebija kur palikt. Es redzēju mirušos, lielos un mazos, stāvam goda krēsla priekšā: un grāmatas tika atvērtas. Mirušie tika tiesāti pēc tā, kas rakstīts grāmatās, pēc viņu darbiem. Jūra atdeva savus mirušos, nāve un viņas valstība atdeva savus mirušos; un tie tika tiesāti, ikviens pēc viņa darbiem. Arī nāvi un nāves valstību iemeta uguns jūrā. Šī ir otrā nāve, uguns jūra. Ja, kas nebija rakstīts dzīvības grāmatā, to iemeta uguns jūrā.»*

Vārdi «lielais baltais goda krēsls» attiecas uz Dieva Troni, kurš būs tiesnesis. Dievs, sēdošais Tronī, kurš no spožās gaismas šķiet balts, ar mīlestību un taisnību vada Tiesu, lai aizsūtītu uz elli tikai salmus, bet ne kviešus. Lūk, kāpēc Bībele to sauc par Tiesu Baltā Troņa priekšā. Dievs tiesās atbilstoši Dzīvības Grāmatai, kurā ierakstīts izglābtā cilvēka vārds un citām grāmatām, kur aprakstīti visi cilvēku darbi.

Neizglābtie ļaudis nokļūs ellē

Dieva Troņa priekšā atrodas ne tikai Dzīvības grāmata, bet arī citas grāmatas, kurās ierakstīta katra cilvēka rīcība, kurš nav pieņēmis Kungu vai, kuram nav patiesas ticības (Atkl. 20:12). No dzimšanas brīža, līdz pat tam mirklim, kad Kungs aizsauca viņa garu. Šajās grāmatās aprakstīti visi cilvēka darbi. Piemēram, eņģeļi reģistrē visus labos darbus, lamas, kas veltītas citiem cilvēkiem, kautiņus vai naida uzliesmojumus.

Tāpat kā ilgu laiku jūs varat parādīt kādus notikumus un dialogus ar videokameras palīdzību vai dažāda tipa ierakstīšanas ierīcēm, eņģeļi ieraksta Debesīs visas situācijas grāmatās, saskaņā ar Visvarenā Dieva pavēli. Tāpēc Tiesa Lielā Baltā Troņa priekšā notiks precīzi, bez jebkādas kļūdas. Kā tad tiks izpildīts spriedums?

Vispirms tiesā neizglābtos ļaudis. Viņi nevar pastāvēt Dieva priekšā, tāpēc ka ir grēcinieki. Viņiem noteiks spriedumu Gadesā, elles Gaidīšanas Vietā. Lai arī viņi paši neatnāks uz sodu, viņu spriedums izrādīsies tik pat stingrs, it kā tas būtu noticis tieši Dieva priekšā.

Starp grēciniekiem Dievs vispirms notiesās tos, kuriem būs vissmagākie grēki. Pēc tiesas visi neizglābtie ļaudis nokļūs uguns ezerā, vai degošā sēra ezerā un nokļūs mūžīgā sodā.

Izglābtie ļaudis saņems Debesīs balvu

Pēc tiesas beigām par neizglābtiem ļaudīm, sekos balvu piešķiršana tiem, kas izglābti. Kā Dievs apsolījis Jāņa Atklāsmes grāmatā 22:12: *«Redzi, es nākšu drīz un mana alga līdz ar mani, atmaksāt ikvienam pēc viņa darbiem»*, mājoklis un balva Debesīs būs noteikta pienācīgā veidā.

Tiesa, kurā tiks noteiktas balvas priekš Dieva bērniem, notiks pasaulē Dieva klātbūtnē. Apbalvošana sāksies ar tiem, kam pati lielākā balva un nobeigsies ar ļaudīm, kam vismazākā balva, bet pēc tā Dieva bērni pacelsies atbilstošajos mājokļos.

«Tur nebija vairs nakts, ne sveces, ne saules gaismas tiem nebūs vajadzīgs; jo Kungs Dievs izlies gaismu pār viņiem, un viņi valdīs mūžīgi mūžam» (Atkl. 22:5).

Neskatoties uz daudziem zaudējumiem un grūtībām šajā pasaulē, jūs esat laimīgi pateicoties cerībai uz Debesīm! Tur jums būs mūžīga dzīve ar Kungu, piepildīta tikai ar laimi un sajūsmu, bez asarām, bēdām, sāpēm, slimībām vai nāves.

Es dodu tikai nelielu Septiņgadu Kāzu mielasta un Tūkstošgadu valsts aprakstu, kura laikā jūs valdīsiet kopā ar Kungu. Un ja šis laiks – tikai prelūdija pie dzīves Debesīs, cik gan priecīgāk būs Debesīs! Tādēļ jums nepieciešams tiekties pretī savai vietai un balvai, kas sagatavota jums Debesīs, līdz brīdim, kad Kungs atgriezīsies pēc jums.

Kādēļ ticības tēvi tā centās iet šauro Kunga ceļu un ļoti cieta no tā, tā vietā, lai izvēlētos vieglos šīs pasaules ceļus? Daudz nakšu viņi gavēji un lūdzās, atmetot savus grēkus un pilnībā darot sevi svētus, tāpēc ka viņiem bija cerība uz Debesīm. Tā kā šie ļaudis ticēja Dievam, kurš apbalvos viņus Debesīs, saskaņā ar viņu darbiem, viņi ļoti gribēja kļūt svēti un uzticīgi visam Dieva namam.

Es lūdzos Tā Kunga Vārdā, lai jūs ne tikai piedalītos Septiņgadu Kāzu mielastā, atrodoties Kunga apskāvienos, bet arī paliktu blakus Kunga Tronim, esot ar cerību uz Debesīm.

4. Nodaļa.

Debesu noslēpumi, apslēpti no Radīšanas iesākuma

1. Debesu noslēpumi, atklātie no Jēzus Kristus laika
2. Debesu noslēpumi «laiku beigās»
3. Mana Tēva namā – daudz mājokļu

*«Bet Viņš atbildēja un tiem sacīja:
Jums ir dots zināt debesu
Valstības noslēpumus,
bet viņiem tas nav dots.
Jo kam ir, tam tiks dots,
Un tam būs pārpilnība,
Bet kam nav, tam tiks atņemts,
Arī tas, kas tam ir.*

*Visu to Jēzus runāja
uz ļaudīm līdzībās un bez
līdzībām viņš uz tiem nerunāja,
lai piepildītos, ko pravietis
runājis sacīdams: es
atdarīšu savu muti līdzībās,
es runāšu lietas, kas apslēptas
no pasaules iesākuma.»*

- Mateja Evaņģēlijs 13:11-12, 34-35 -

Kādu reizi, kad Jēzus sēdēja jūras malā, sapulcējās daudz ļaužu. Tad Jēzus līdzībās stāstīja viņiem par daudzām parādībām. Jēzus mācekļi pēc tam jautāja Viņam: «*Kāpēc tu uz tiem runā līdzībās?*»

«...*tāpēc, ka jums ir dots zināt Debesu Valstības noslēpumus, bet viņiem tas nav dots. Jo kam ir, tam tiks dots un tam būs pārpilnība, bet kam nav, tam tiks atņemts arī tas, kas tam ir... Bet svētīgas ir jūsu acis, jo tās redz, un jūsu ausis, jo tās dzird. Jo patiesi es jums saku, daudzi pravieši un taisnie ir gribējuši redzēt, ko jūs redzat, un nav redzējuši, un dzirdēt, ko jūs dzirdat, un nav dzirdējuši*» (Mat. 13:10-17).

Jēzus teica, ka daudzi pravieši un taisnie nevarēja redzēt Debesu Valstības noslēpumus vai dzirdēt par tiem, lai arī viņiem gribējās tos redzēt un dzirdēt par šiem noslēpumiem.

Taču, tāpēc ka Jēzus Kristus, kurš pēc dabas ir Pats Dievs, atnāca uz šo zemi (Fil. 2:6-8), tas atļāva Viņam parādīt mācekļiem Debesu noslēpumus. Kā rakstīts Mateja Evaņģēlijā 13:35: «*Lai piepildītos, ko pravietis runājis sacīdams: es atdarīšu savu muti līdzībās, es runāšu lietas, kas apslēptas no pasaules iesākuma,*» Jēzus runāja līdzībās, ka nepieciešams piepildīt to, par ko rakstīts Svētos Rakstos.

1. Debesu noslēpumi, atklāti no Jēzus Kristus laika

Mateja Evaņģēlijā 13. nodaļā sastopamas daudz līdzības par Debesīm. Tas notiek tādēļ, ka bez līdzībām nevar saprast Debesu noslēpumus, pat, ja jūs daudz reižu izlasīsiet Bībeli.

«Debesu Valstība ir līdzīga cilvēkam, kas labu sēklu sēja savā tīrumā...»

«Debesu Valstība līdzinās sinepju graudiņam, ko kāds cilvēks ņēma un iesēja savā tīrumā, šī gan ir pati mazākā no visām sēklām, bet kad tā izaug...»

«Debesu Valstība līdzinās raugam, ko kāda sieva ņēma un iejauca trīs mēros miltu, tiekams viss sarūga.»

«Debesu Valstība līdzinās tīrumā apslēptai mantai...»

«Debesu Valstība līdzinās tirgotājam, kas meklēja dārgas pērles...»

«Vēl Debesu Valstība līdzinās tīklam, izmestam jūrā, kas savilka visādas zivis...»

Ar daudzu līdzību palīdzību Jēzus sludināja pa Debesīm, kuras atrodas garīgajā valstībā. Tā kā Debesis izvietotas neredzamajā garīgajā telpā, tās var saprast tikai pateicoties līdzībām.

Lai iegūtu mūžīgo dzīvi Debesīs, nepieciešams vadīt attiecīgu ticības dzīvi zinot, kā turp nokļūt, kādi ļaudis nokļūs Debesīs un, kad tas notiks.

Ar kādu mērķi mēs ejam baznīcā un dzīvojam pēc ticības? Lai izglābtos un nokļūtu Debesīs. Žēl, ja cilvēks nenokļūs Debesīs, kaut gan ilgi gājis baznīcā!

Pat Jēzus Kristus laikos daudzi pildīja baušļus un izrādīja savu ticību Dievam, bet tas izrādījās nepietiekoši, lai iegūtu glābšanu un nokļūtu Debesīs. Šī iemesla dēļ, Mateja Evaņģēlija 3. nodaļā Jānis Kristītājs sludina: *«Atgriežaties no grēkiem, Debesu Valstība ir tuvu klāt pienākusi!»* un sagatavojat Kungam ceļu. Tāpat viņš pateica ļaudīm, ka Jēzus ir Glābējs Kungs Briesmīgajā Tiesā: *«Es jūs kristu ar ūdeni, uz atgriešanos no grēkiem, bet tas, kas nāk pēc manis, ir spēcīgāks par mani... Viņš jūs kristīts ar Svēto Garu un ar uguni. Tam vēteklis rokā, un viņš tīrīs savu klonu, un viņš sakrās kviešus klētī, bet pelavas sadedzinās ar neizdzēšamu uguni.»*

Tomēr tad Izraēla tauta ne tikai neatzina Viņu kā savu Glābēju, bet pat piesita Jēzu krustā. Cik bēdīgi, ka pat šodien viņi vēl joprojām gaida Mesiju!

Debesu noslēpumi, kas atklāti apustulim Pāvilam

Lai arī apustulis Pāvils nebija starp pirmajiem divpadsmit Jēzus mācekļiem, viņš neatpalika no tiem savā liecināšanā par Jēzu Kristu. Pāvils bija farizejs pirms satikās ar Kungu. Viņš stingri ievēroja baušļus, vecaju un jūdu tradīcijas.

Viņš no dzimšanas bija Romas pilsonis un ņēma dalību pirmo kristiešu vajāšanā. Taču pēc satikšanās ar Kungu uz Damaskas ceļa viņš izmainījās un veda daudz ļaužu uz glābšanas ceļu sludinot Evaņģēlijupagāniem. Dievs zināja, ka Pāvilam vajadzēs daudz ciest no vajāšanām savas kalpošanas laikā. Tieši tāpēc Viņš atklāja brīnumainos Debesu noslēpumus, lai apustulis tiektos uz mērķi (Fil. 3:12-14). Ar pilnīgu prieku un cerību uz Debesīm, Dievs atļāva viņam sludināt Evaņģēliju.

Ja jūs lasāt Pāvila vēstules, tad zināt, ka Svētā Gara iedvesmā viņš rakstīja par Kunga atgriešanos, par ticīgajiem, kurus paraus debesīs, par viņu mājokļiem Debesīs, Debesu godību, mūžīgo balvu un vainagiem, Melhisedeku, mūžīgo mācītāju un Jēzu Kristu.

Otrajā vēstulē Korintiešiem 12. nodaļā, Pāvils dalās garīgajā pieredzē ar Korintiešu baznīcas ticīgajiem, kuru viņš dibināja un, kura novirzījās no Dieva Vārda.

«Ir jau jālielās, kaut gan tas neder, es tagad runāšu par tā Kunga parādībām un atklāsmēm. Es pazīstu cilvēku iekš Kristus, kurš pirms četrpadsmit gadiem – vai miesā vai ārpus tās, nezinu, Dievs to zina – tas tika aizrauts trešajās debesīs. Par to pašu cilvēku es zinu, ka tas – vai miesā, vai ārpus miesas, nezinu, to Dievs zina – Tika aizrauts paradīzē un dzirdēja neizsakāmus vārdus, ko cilvēkam nav ļauts izrunāt.»

Dievs izredzēja apustuli Pāvilu, lai evaņģelizētu pagāniem,

attīrot viņu ugunī un dodot viņam redzējumus un atklāsmes. Dievs vadīja viņu tā, lai ar mīlestību, ticību un cerību uz Debesīm, apustulis pārvarētu visas grūtības. Piemēram, Pāvils atzina, ka viņu pacēla Paradīzē Trešajās Debesīs, un pirms četrpadsmit gadiem viņš dzirdēja par Debesu noslēpumiem. Bet tie bija tik brīnumaini, ka cilvēkam nebija ļauts par to runāt.

Apustulis – tas, kas Dievs aicināts un pilnībā paklausa Viņa gribai. Taču korintiešu draudzes locekļu vidū bija daži cilvēki, kurus piemānījuši viltus mācītāji, un viņi nosodīja apustuli Pāvilu.

Tad apustulis pārstāstīja visas grūtības, kuras viņš pārcietis Kunga dēļ, un lietoja savu garīgo pieredzi, lai virzītu korintiešus uz pārvēršanos brīnišķīgā Kunga līgavā, kas rīkojas saskaņā ar Dieva Vārdu. Tas bija ne priekš paša personīgo garīgo zināšanu slavināšanas, bet, lai radītu un nostiprinātu Kristus Draudzi, aizstāvot un nostiprinot viņa apustuliskumu.

Nepieciešams saprast, ka redzējumi un Kunga atklāsmes tiek dāvātas tikai tam, kas Dieva acīs ir piemērotākais cilvēks. Tāpat atšķirībā no korintiešu draudzes locekļiem, kuri bija viltus mācītāju piemānīti un nosodīja Pāvilu, nevajag tiesāt nevienu, kurš strādā, lai paplašinātu Dieva valstību, glābjot daudz ļaužu un ir Dieva atzīts.

Dieva noslēpumi, kas atklāti apustulim Jānim

Apustulis Jānis bija viens no divpadsmit Jēzus mācekļiem, kuru Kungs ļoti mīlēja. Pats Jēzus ne tikai sauca viņu par mācekli, bet arī garīgi audzināja Jāni tā, lai viņš varētu atrasties blakus savam skolotājam. Māceklis bija pēc rakstura tik nesavaldīgs, ka viņu parasti sauca par «pērkona dēlu.» Taču Dieva spēkā viņš izmainījās un kļuva par mīlestības apustuli. Jānis sekoja Jēzum, tiecoties pēc Debesu goda. Bez tam viņš bija vienīgais māceklis, kurš sadzirdēja pēdējos Jēzus septiņus vārdus, teiktos no krusta. Jānis saglabāja uzticību saviem apustuļa pienākumiem un kļuva liels cilvēks Debesīs.

Viņu, kā arī daudzus kristiešus, kas dzīvoja Romas impērijā, vajāja par Dieva Vārdu. Pēc nostāstiem, viņu iemeta verdošā eļļā, bet viņš nenomira un bija izsūtīts uz Patmas salu. Tur apustulis bija dziļā sadraudzībā ar Dievu un uzrakstīja Atklāsmes Grāmatu, kura piepildīta ar Debesu noslēpumiem.

Jānis pierakstīja savus garīgos redzējumus. Dieva un Jēra Troni Debesīs, debešķīgas pielūgsmes, četras dzīvās būtnes apkārt Dieva Tronim, Septiņus Lielo Bēdu gadus un eņģeļu lomu, Jēra Kāzu mielastu un Tūkstošgadu valsti, Tiesu Lielā Baltā Troņa priekšā, elli, Jauno Jeruzalemi Debesīs un pazušanas aizu, Bezdibeni.

Tieši tādēļ apustulis runā Jāņa Atklāsmes Grāmatā 1:1-3, ka šī Grāmata radīta pēc atklāsmēm un redzējumiem no Kunga, un viss, sarakstītais tajā drīz notiks.

> *«Jēzus Kristus atklāsme, ko Viņam devis Dievs, lai rādītu Saviem kalpiem, kam jānotiek drīzumā un ko Viņš, sūtīdams Savu eņģeli, darījis zināmu Savam kalpam Jānim, kas apliecinājis Dieva vārdu un Jēzus Kristus liecību, visu, ko viņš redzējis. Svētīgs tas, kas lasa, un tie, kas klausās pravieša vēstījuma vārdus un tur to, kas šeit rakstīts, jo noliktais laiks ir tuvu.»*

Vārdi «laiks ir tuvu» nozīmē, ka tuvojas Kunga atgriešanās laiks. Tāpēc ļoti svarīgi būt cienīgam, lai varētu ieiet Debesīs ticībā glābšanai.

Var staigāt uz baznīcu, bet nebūt glābts, ja jums nav ticības, ko pavada darbi. Jēzus saka mums: *«Ne ikkatrs, kas uz Mani saka: Kungs! Kungs! – ieies Debesu Valstībā, bet tas, kas dara mana Debesu Tēva prātu,»* (Mat. 7:21). Tāpēc, ja jūs nerīkojaties saskaņā ar Dieva Vārdu, acīmredzami, ka jums nenokļūt Debesīs.

Lūk, kāpēc Atklāsmē, sākot no 4. nodaļas, apustulis Jānis sīki izskaidroja notikumus un pravietojumus, kuri drīz notiks un piepildīsies, pasakot noslēgumā, ka Kungs atgriežas un nepieciešams nomazgāt mūsu drēbes.

«Redzi, Es nāku drīz un Mana alga līdz ar Mani atmaksāt ikvienam pēc viņa darbiem. Es esmu Alfa un Omega, Pirmais un Pēdējais, Sākums un Gals, Svētīgi, kas mazgā savas drēbes, lai tiem būtu daļa pie dzīvības koka un varētu pa vārtiem ieiet pilsētā,» (Atkl. 22:12-14).

Garīgās drēbes uzrāda cilvēka sirdi un darbus. «Mazgāt drēbes» – nozīmē nožēlot grēkus un censties dzīvot saskaņā ar Dieva gribu.

Tajā pakāpē, kādā jūs dzīvojat pēc Vārda, jūs varēsiet ieiet caur vārtiem pašā brīnišķīgākajā vietā no Debesīm – Jaunajā Jeruzalemē.

Tāpēc jums jāsaprot, ka, jo vairāk pieaug jūsu ticība, jo labāka būs jūsu mājvieta Debesīs.

2. Debesu noslēpumi «laiku beigās»

Tagad parunāsim par Debesu noslēpumiem, kuri mums atklāti Jēzus līdzības piemēros, kas uzrakstīti Mateja Evaņģēlijā 13. nodaļā.

Kā atdalīs ļaunos no taisnajiem

Mateja Evaņģēlijā 13:47-50, Jēzus saka, ka Debesu Valstība līdzīga jūra iemestam tīklam, kurā iekļuva daudz visādu zivju. Ko tas nozīmē?

«Vēl Debesu valstība līdzinās tīklam, izmestam jūrā, kas savilka visādas zivis. Un, kad tas bija pilns, tad viņi to izvilka malā, nosēdās un labās salasīja traukos, bet sapuvušās izmeta laukā. Tā tas būs pasaules pastarā galā: eņģeļi izies un atšķirs ļaunos no taisnajiem, un tos metīs degošā ceplī, tur būs kaukšana un zobu trīcēšana.»

«Jūra» – šeit nozīmē pasaule, «zivis» – visi ticīgie, bet zvejnieks, kurš izmet tīklu un ķer zivis – Dievs. Kas nozīmē – Dievs izmet tīklu, izvelk to, kad tas piepildās ar zivīm, labās atlasa grozos, bet sliktās izmet? Tas izskaidro mums, ka laiku beigās, atnāks eņģeļi un paņems taisnos uz Debesīm, bet ļaunos iemetīs ellē.

Šodien daudzi uzskata, ka noteikti ieies Debesu Valstībā, ja pieņems Jēzu Kristu. Jēzus tomēr ir skaidri pateicis, ka *«eņģeļi atšķirs ļaunos no taisnajiem un metīs tos degošā ceplī»* (Mat.

13:50). «Taisnie» šeit – tie ir ticīgie Jēzum Kristum savās sirdīs un, kas demonstrē ticību ar darbiem. Jūs kļūstat taisni ne tādēļ, ka zināt Dieva Vārdu, bet tad, kad pildāt Viņa pavēles un rīkojaties pēc viņa likumiem (Mat. 7:21).

Bībele skaidri norāda jums uz to, ko darīt, ko nedarīt, ko ievērot, ko atmest. Tikai dzīvojošie pēc Dieva Vārda – taisnie, viņu ticība – garīga un dzīva. Ir ļaudis par kuriem saka, ka viņi taisnie. Taisnie cilvēku acīs vai Dieva acīs? Jums vajag iemacīties atšķirt šīs kategorijas un tiekties uz to, lai kļūtu taisnie Dieva acīs. Piemēram, ja cilvēks, kas uzskata sevi par taisno, zog, kas pieņems viņa taisnīgumu? Ja saucošie sevi par Dieva bērniem turpina grēkot un nedzīvo pēc Dieva Vārda, tad tos nevar nosaukt par taisnajiem. Tādi ļaudis ir «ļaunie starp taisnajiem.»

Debesu ķermeņu atšķirīgais gods

Ja jūs pieņemat Jēzu Kristu un dzīvojat tikai pēc Dieva Vārda, jūs spīdēsiet kā saule Debesīs. Apustulis raksta par Debesu noslēpumiem Pirmajā vēstulē Korintiešiem 15:40-41:

> *«Tā arī ir debesu ķermeņi un zemes ķermeņi; bet citāda godība ir debesu ķermeņiem un citāda zemes ķermeņiem. Citāds spožums ir saulei un citāds mēnesim un citāds zvaigznēm; jo viena zvaigzne ir spožāka par otru.»*

Mēs ieejam Debesīs tikai ar ticību, tāpēc Debesu gods katram būs atšķirīgs, saskaņā ar cilvēka ticības mēru. Tāpēc atšķirīgs gods ir saulei, mēnesim un zvaigznēm. Un pat zvaigznes viena no otras atšķiras.

Tagad izskatīsim Debesu noslēpumus līdzībā, ņemot par piemēru sinepju sēklu, kas sarakstīta Mateja Evaņģēlijā 13:31-32:

> *«Vēl citu līdzību Viņš tiem stāstīja un sacīja: Debesu valstība līdzinās sinepju graudiņam, ko kāds cilvēks ņēma un iesēja savā tīrumā. Šī ir gan mazākā no visām sēklām, bet, kad tā izaug, tad tā ir lielāka par citiem dārza stādiem un top par koku, tā ka putni apakš debess nāk un taisa ligzdas viņa zaros.»*

Sinepju sēkliņa ir tik maza, ka atgādina punktu, ko atstāj zīmulis uz papīra. Bet arī tāda sīciņa sēkla izaug par koku, kura zaros var paslēpties putni. Ko gribēja pateikt Jēzus ar šo līdzību? Debesis iegūstāmas tikai ar ticību, ticības mērs mēdz būt dažāds. Ja jūsu ticība šodien «maza», jūs varat to izaudzēt līdz «lielai.»

Ja jums būs ticība sinepju graudiņa lielumā

Jēzus teica Mateja 17:20: *«... Jūsu mazticības dēļ, jo patiesi es jums saku, ja jums ticība ir kā sinepju graudiņš, tad jūs sacīsiet šim kalnam: pārcelies no šejienes uz turieni, – un tas pārcelsies, nekas jums nebūs neiespējams.»* Atbildot uz mācekļu lūgumu: «Vairo mums ticību!» – Jēzus atbildēja: *«Ja jums būs ticība kā sinepju graudiņš, un jūs sacītu uz šo vīģes koku: izraujies ar savām saknēm un dēsties jūrā, – viņš jūs paklausītu»* (Lūkas 17:5-6).

Kāda ir šo pantu garīgā nozīme? Kad ticība, maza, kā sinepju graudiņš, izaug, nav nekā neiespējama ticīgajam. Kad cilvēks pieņem Jēzu Kristu, viņam tiek dāvāta ticība sinepju graudiņa lielumā. Kad viņš to iesēj savā sirdī, tā dod asnu. Kad sēkliņa izaug līdz liela koka izmēram, kurā var pat noslēpties putni, ticīgais sāk redzēt Dieva darbus, kurus darīja Jēzus; aklo, kurlo, mēmo dziedināšanu un mirušo atgriešanu dzīvē.

Jūs domājat, ka jums ir ticība, bet nevarat parādīt Dieva darbus, saduraties ar problēmām ģimenē vai biznesā, tapēc ka jūsu ticība vēl joprojām ir kā sinepju graudiņš un nav izaugusi pagaidām par lielu koku.

Garīgās ticības izaugsmes process

Pirmajā Jāņa vēstulē 2:12-14 apustulis Jānis īsi izskaidro garīgās ticības izaugsmi:

> «Es rakstu jums, bērniņi, jo grēki jums ir Viņa Vārda dēļ piedoti. Es rakstu jums, tēvi, jo jūs esat atzinuši Viņu, kas ir no sākuma. Es rakstu jums, jaunekļi, jo jūs esat uzvarējuši ļauno. Es esmu jums rakstījis, bērni, jo jūs esat atzinuši Viņu, kas ir no sākuma. Es esmu jums rakstījis, jaunekļi, jo jūs esat stipri, un Dieva vārds paliek jūsos, un jūs ļauno esat uzvarējuši.»

Jums jāsaprot, ka ticība formējas procesā. Jums jāstrādā pie savas ticības un jātiecas uz «tēvu» ticību, ar kuru jūs varēsiet iepazīt bezgalīgo Dievu. Jums nevajag apstāties pie «bērnu» ticības, kuru grēki piedoti Jēzus Kristus vārda dēļ.

Jēzus tāpat saka Mateja Evaņģēlijā 13:33: *«Debesu Valstība līdzinās raugam, ko kāda sieva ņēma un iejauca trīs mēros miltu, iekams viss sarūga.»*

Jums jāsaprot, ka no sinepju graudiņa izmēra līdz lielai ticībai var izaugt tikpat ātri, kā raugs paceļ mīklu. Pirmajā vēstulē Korintiešiem 12:9 mums teikts, ka ticība – garīga dāvana no Dieva.

Debesu iegūšana

Lai iegūtu Debesis, jāpieliek pūles, jo Debesis iegūstamas tikai ar ticību, bet ticība formējas augšanas procesā. Pat šajā pasaulē nepieciešamas pūles, lai kļūtu bagāts vai slavens, nerunājot jau nemaz par to, lai iegūtu māju. Jūs pūlaties no visiem spēkiem iegūt un saglabāt to, ko nevar paturēt mūžīgi. Bet kā gan vajag darboties, lai saņemtu godu un mājokli Debesīs, kurš jums piederēs mūžīgi?!

Jēzus teica Mateja ev. 13:44: *«Debesu valstība līdzinās tīrumā apslēptai mantai, ko cilvēks atrada un paslēpa, un, priecādamies par to, noiet un pārdod visu, kas tam ir un pērk šo tīrumu.»* Viņš turpina Mateja ev. 13:45-46: *«Vēl Debesu Valstība līdzinās tirgotājam, kas meklēja dārgas pērles. Un atradis vienu sevišķi dārgu pērli, nogāja un pārdeva visu, kas tam bija, un nopirka to.»*

Kādus Debesu noslēpumus atklāj mums līdzība par apslēpto mantu, kas paslēpta tīrumā un pērlēm? Jēzus parasti stāstīja līdzības par tām lietām, kuras klausītāji varēja viegli iztēloties, tāpēc ka viņi sastapušies ar tām savā dzīvē. Tagad izskatīsim līdzību par apslēpto mantu.

Cilvēks, kas nav bagāts, pelna dzīvošanai apstrādājot lauku. Vienreiz pēc sava saimnieka lūguma, viņš strādāja viņa tīrumā. Īpašnieks teica, ka zeme ir neauglīga, jo ilgu laiku nav apstrādāta. Viņš gribēja uz tās iestādīt augļu kokus, lai zeme nestāvētu dīkā. Zemkopis piekrita. Uzrokot zemi, viņš uzgrūdās uz kaut ko cietu. Turpinot rakt, viņš atrada zemē apslēptas dārglietas. Apdomājot, kādā veidā viņš varētu tās iegūt, viņš nolēma nopirkt zemi. Tā kā tā bija neauglīga un tukša, viņš bija pārliecināts, ka zemes saimniekam nekas nebūs pretī.

Zemnieks atgriezies mājās, savāca visu, kas viņam bija un sāka pārdot īpašumu. Viņu nemaz nesarūgtināja tas, ka viņš pārdeva gadiem iekrātas lietas, tāpēc ka atrastā apslēptā manta bija vērtīgāka par visu, kas viņam bija.

Līdzība par apslēpto mantu, kas paslēpta tīrumā

Ko mums vajag saprast no šīs līdzības? Es ceru, ka jūs saprotat Debesu noslēpumu, kura garīgā jēga ielikta šajā līdzībā par apslēpto mantu. Es izceļu šeit četrus aspektus:

Pirmkārt, lauks – tā ir jūsu sirds, bet apslēptā manta – Debesis. Tas nozīmē, ka Debesis kā apslēpta manta, noglabātas jūsu sirdī.

Dievs radījis cilvēku, dodot viņam garu, dvēseli un miesu. Gars pilda cilvēka saimnieka lomu kontaktējoties ar Dievu. Dvēsele pakļaujas garam, bet miesa – ir vieta, kurā dzīvo gars un dvēsele. 1. Mozus grām. 2:7 teikts, ka cilvēks bija dzīvs gars.

Kad pirmais cilvēks Ādams izdarīja nepaklausības grēku, viņa gars, tas ir «saimnieks» nomira, un dvēsele sāka vadīt cilvēku. Ļaudis sāka iekrist vēl lielākos grēkos, gāja pa nāves ceļu, tā ka nevarēja kontaktēties ar Dievu. Viņi kļuva dvēselīgi cilvēki, kas atradās zem ienaidnieka – velna un sātana kontroles.

Dievs sūtīja Savu vienīgo Dēlu Jēzu uz šo pasauli, lai viņu piesistu krustā, kā cilvēces izpirkšanas upuri no visiem grēkiem. Ar to tika atvērts mums glābšanas ceļš. Jūs varat kļūt par Svētā Dieva bērniem un atkal ieiet sadraudzībā ar Viņu.

Tāpēc tas, kurš pieņems Jēzu Kristu par savu personīgo Pestītāju, saņems Svēto Garu, un viņa gars atdzīvosies. Viņš tāpat saņems tiesības saukties par Dieva bērnu, un prieks piepildīs viņa sirdi.

Tas nozīmē, ka gars atjaunojis kontaktu ar Dievu, sācis vadīt cilvēka dvēseli un ķermeni. Tas tāpat nozīmē, ka cilvēkam parādījusies bijība Dieva priekšā, vēlēšanās klausīties Viņa Vārdu un izpildīt cilvēka pienākumu.

Atdzimt garā – nozīmē atrast tīrumā apslēpto mantu, tāpēc ka Debesu Valstība tagad atrodas jūsu sirdī.

Otrkārt, cilvēks, kas atradis tīrumā apslēpto mantu priecājas. Tas nozīmē, ka, kad mēs pieņemam Jēzu Kristu un saņemam Svēto Garu, mūsu gars atdzimst, mēs saprotam, ka mūsu sirdī tagad ir vieta Debesīm, un mēs priecājamies.

Jēzus saka Mateja Evaņģēlijā 11:12: «*... Debesu Valstībā laužas iekšā un tīkotāji ar varu cenšas to sagrābt.*» Apustulis Jānis tāpat raksta Atklāsmē 22:14: «*Svētīgi tie, kas mazgā savas drēbes, lai tiem būtu daļa pie dzīvības koka un varētu pa* *vārtiem ieiet pilsētā.»*

No šiem pantiem mēs uzzināsim, ka ne katrs, kas pieņēmis Jēzu Kristu, ieies vienādos tajos pašos mājokļos Debesu Valstībā. Jākļūst patiesi līdzīgam Kungam, un tad jūs varēsiet iemantot pašus brīnišķīgākos mājokļus Debesu Valstībā.

No tā varam secināt, tie kas mīl Dievu un cer uz Debesīm, pilda Dieva Vārdu un kļūst līdzīgi Kungam, atstājot ļaunumu un grēku.

Jūs iemantosiet Debesis tik daudz, cik daudz esat piepildījuši savu sirdi ar Debesīm, tas ir ar labestību un patiesību. Vēl uz zemes apzinoties, ka jūsu sirdī ir Debesu Valstība, jūs priecāsieties.

Šis prieks, līdzīgs tam, kuru jūs piedzīvojat, pirmoreiz satiekoties ar Jēzu Kristu. Jūs gājāt pa nāves ceļu, bet satikāt Kristu un ieguvāt patiesu dzīvi un mūžīgās Debesis. Vai tad tas nav iemesls bezgalīgam priekam? Jūs izjutīsiet dziļas pateicības jūtas no tā, ka ticat Debesu Valstībai. Cilvēka prieks, kurš atradis apslēptu mantu tīrumā, – tas ir cilvēka prieks, kurš sācis ticēt Jēzum Kristum, kura sirdī tagad ir Debesu Valstība.

Treškārt, – ja cilvēks atkal noslēpis atrasto mantu, pēc tam, kad to atradis, tad tas nozīmē, ka cilvēka gars atdzimis un grib pildīt Dieva prātu, bet cilvēks nevar to izdarīt, tāpēc ka nav saņēmis spēku dzīvot pēc Dievs Vārda.

Zemkopis nevarēja uzreiz izrakt apslēpto mantu. No sākuma viņam bija jāpārdod savs īpašums, lai par ieņemto naudu nopirktu tīrumu. Pieņemot Jēzu Kristu, jūs uzzināsiet par to, ka ir Debesis un elle un kā iegūt Debesis. Bet dzīvot pēc Dieva

Vārda jūs uzreiz nesāksiet.

Līdz satikāties ar Kungu jūs dzīvojāt netaisni, ignorējot Dieva Vārdu, tāpēc jūsu sirdī daudz negodīguma. Ja jūs neatstāsiet grēkus, sātans turpinās vest jūs uz tumsu, neļaujot jums izpildīt Dieva Vārdu. Līdzīgi zemkopim, kurš varēja nopirkt tīrumu tikai pēc tam, kad pārdeva visu, kas tam bija. Jūs iegūsiet dārgumus savā sirdī, kad atstāsiet netaisnību un pieņemsiet sirdī patiesību, kā to vēlas Dievs.

Jums jāseko patiesībai, kas ir Dieva Vārds, jāmācās būt atkarībā no Dieva un nepārtraukti lūgties. Tikai tā var atmest nepatiesību un saņemt spēku dzīvot un darboties atbilstoši Dieva Vārdam. atcerieties, ka Debesis sagatavotas priekš tādiem ļaudīm.

Ceturtkārt, pārdot visu – nozīmē sagraut visu dvēseles nepatiesību, dot iespēju mirušajam garam atdzimt un kļūt par cilvēka saimnieku.

Kad mirušais gars atdzimst, jūs sapratīsiet, ka Debesis eksistē. Lai tās iegūtu, jāsagrauj netaisnās domas, piederošās dvēselei un, kas atrodas zem sātana kontroles, un jāsāk rīkoties ticībā. Tā sasitot olas čaumalu, parādās gaismā putnēns.

Lai pilnībā iegūtu Debesis, jums jāatmet visi ļaunie darbi un miesas vēlmes. Jums jākļūst visā pilnībā svētiem un jāsaglabā sevi bez vainas Kungam atnākot (1. Efez. 5:23).

Sirds ļaunums parādās miesas darbos. Miesas vēlmēs atspoguļojas ļaunuma daba, kas atrodas cilvēka sirdī, tā var parādīties darbos jebkurā laikā. Piemēram, mūsu sirdī dzīvo ienaids, tā – ir miesas vēlme. Ja ienaids realizējas tajā, ka jūs iesitat citam cilvēkam – tas ir miesas darbi.

Vēstulē Galatiešiem 5:19-21 Pāvils stingri brīdina: *«Bet zināmi ir miesas darbi: tie ir netiklība, nešķīstība, izlaidība, elku kalpība, burvība, ienaids, strīdi, nenovīdība, dusmas, ķildas, šķelšanās, nesaticība, skaudība, dzeršana, dzīrošana un tamlīdzīgas lietas, par kurām es iepriekš saku; kā jau esmu senāk sacījis; tie, kas tādas lietas dara, nemantos Dieva valstību.»*

Vēstulē Romiešiem 13:13-14 apustulis mums saka: *«Dzīvosim cienīgi, kā diena to prasa, nevis dzīrēs un skurbumā, izvirtībā, ķildās un naidā, bet, lai jūsu bruņas ir Kungs Jēzus Kristus, un nelutiniet miesu, lai nekristu kārībās.»*

Sekojoši, pārdot visu, kas jums ir, nozīmē sagraut melus, kas ir dvēselē pret Dievu, atmest miesas darbus un vēlmes, kas ir pretrunā Dieva Vārdam, un visu to, ko jūs mīlat vairāk par Dievu.

Ja turpināsiet izravēt grēkus un ļaunumu, jūsu dvēsele aizvien vairāk atdzims, un jūs varēsiet vairāk dzīvot atbilstoši Dieva vārdam, sekojot Svētā Gara vēlmēm. Un beidzot jūs kļūsiet garīgs cilvēks un sasniegsiet dievišķo mūsu Kunga būtību (Fil. 2:5-8).

Debesis sirdī

Iegūt Debesis ar ticību nozīmē pārdot visu, kas pieder, atmest ļaunumu un sasniegt ar sirdi Debesis. Kad atgriezīsies Kungs, tad neskaidrās Debesu aprises kļūs realitāte priekš tādiem ticīgajiem. Tas, kas iegūst Debesis – pats bagātākais cilvēks, pat, ja viņš atstāj visu šajā pasaulē. Tas, kam nav dotas Debesis – pats nabadzīgākais cilvēks, kaut arī viņam var piederēt daudz šajā pasaulē. Tāpēc ka viss, kas jums vajadzīgs, tas ir Jēzus Kristus,

Debesis I

un visam, kas ir ārpus Viņa, nav nekādas vērtības, jo pēc nāves mūžībā mūs visus gaida tiesa.

Tāpēc Matejs sekoja Jēzum, atstājot savu nodarbošanos. Tāpēc Pēteris sekoja Jēzum atstājot laivu un zvejnieku tīklus. Pat apustulis Pāvils uzskatīja visu par mēsliem pēc tam, kad bija saticis Kristu. Apustulis vēlējās iegūt apslēpto mantu, kas ir vairāk vērta, nekā šī pasaule, tāpēc viņš izraka to.

Jums tāpat jāparāda ticība ar saviem darbiem, ar paklausību Vārdam un atteikšanos no saviem iepriekšējiem darbiem, vērstiem pret Dievu. Jums jāsasniedz Debesu Valstība savā sirdī, «pārdodot» visu «nepatiesību» – stūrgalvību, lepnību, augstprātību, visu to, ko jūs agrāk uzskatījāt par jūsu sirds dārgumiem.

Nemeklējiet pasaulīgo, pārdodiet visu, kas jums ir, lai savā sirdī sasniegtu Debesis un mantotu mūžīgo Debesu Valstību.

3. Mana Tēva namā – daudz mājokļu

Jāņa Evaņģēlijā 14:1-3 jūs uzzināsiet, ka Debesīs ir daudz mājokļu un, ka Jēzus Kristus aizgāja sagatavot jums vietu.

«Jūsu sirdis lai neizbīstas! Ticiet Dievam un ticiet man! Mana Tēva namā ir daudz mājokļu. Ja tas tā nebūtu, vai es jums tad būtu teicis: Es noeju jums vietu sataisīt? Un kad es būšu nogājis un jums vietu sataisījis, tad es nākšu atkal un ņemšu jūs pie sevis, lai tur, kur es esmu, būtu arī jūs.»

Kungs gatavo mums debesu mājokļus

Jēzus izstāstījis par to saviem mācekļiem pirms tam, kā Viņu sagūstīja un veda uz krustā sišanu. Zinot, ka mācekļus sarūgtinās Jūdas Iskariota nodevība, zinot par Pētera noliegšanu, zinot, ka viņi sēros par Viņa nāvi, Viņš mierināja tos, stāstot par debesu mājokļiem.

Viņš tiem teica: «Mana Tēva namā ir daudz mājokļu. Ja tas tā nebūtu, vai es jums tad būtu teicis: Es noeju jums vietu sataisīt?» Jēzu piesita krustā, un Viņš trešajā dienā augšāmcēlās, uzvarot nāves varu. Pēc četrdesmit dienām Viņš pacēlās Debesīs daudzu ļaužu acu priekšā, lai sagatavotu mums mājokļus.

Ko nozīmē vārdi: «Es noeju jums vietu sagatavot?» Pirmajā Jāņa vēstulē 2:2 teikts: *«Viņš ir mūsu grēku izpircējs, ne tikai mūsu vien, bet visas pasaules grēku.»* Tas nozīmē, ka Jēzus sagrāvis grēka sienu starp Dievu un ļaudīm, lai katrs varētu iegūt Debesis ticībā. Bez Jēzus neiespējami pārvarēt grēka sienu.

Vecajā Derībā, kad cilvēks sagrēkoja, viņš pienesa Dievam dzīvnieku, grēku izpirkšanai. Jēzus deva mums piedošanas iespēju, darīja pilnībā svētus, pienesot Sevi kā upuri vienu reizi (Ebr. 10:12-14).

Tikai caur Jēzu Kristu var pārvarēt grēka sienu starp Dievu un jums, var saņemt mūžīgās Debesu Valstības svētības un baudīt brīnišķīgo un laimīgo mūžīgo dzīvi.

Mana Tēva namā daudz mājokļu

Jāņa Evaņģēlijā 14:2 teikts: *«Mana Tēva namā daudz mājokļu.»* Vēloties katra cilvēka glābšanu, Kungs šajā pantā izteicis visu savu sirdi. Kāpēc Kungs teica: «Manā Tēva namā,» bet ne Debesu Valstībā? Tāpēc, ka Dievs vēlas, nevis «pilsoņus», bet «bērnus», ar kuriem Viņš mūžībā dalīsies Savā tēva mīlestībā. Dievs vada Debesis, tur pietiekoši vietas visiem izglābtajiem ticībā. Pēc skaistuma Debesis nevar salīdzināt ne ar ko uz šīs zemes. Taču pati visskaistākā vieta Debesīs ir Jaunā Jeruzaleme, tur atrodas Dieva tronis. Kā Dienvidkorejas prezidenta rezidence Zilā Pils, atrodas Seulā – valsts galvaspilsētā, ASV prezidenta, Baltais Nams – Vašingtonā, Dieva tronis atrodas Jaunajā Jeruzalemē.

Jaunā Jeruzaleme atrodas Debesu centrā, kur mūžīgi dzīvos ticīgie. Bet pati attālākā Debesu vieta ir Paradīze. Viens no laupītājiem, kurš saņēma glābšanu, bet neko nepaspēja izdarīt priekš Debesu Valstības, nokļūs Paradīzē.

Debesis tiek dotas pēc ticības mēra

Kāpēc Dievs sagatavojis daudz mājokļu priekš Saviem bērniem? Dievs – taisnīgs, Viņš ļauj jums pļaut to, ko jūs esat sējuši (Galat 6:7), un apbalvo katru pēc viņa darbiem (Mat. 16:27), (Atkl.2:23). Tādēļ Viņš sagatavojis mājokļus atbilstoši katra cilvēka ticībai.

Vēstulē Romiešiem 12:3, apustulis raksta: «*Tad nu es ieteicu ikvienam no jums, tās žēlastības vārdā, kas man dota: netiekties pāri noliktam, bet censties sevi apvaldīt saskaņā ar to ticības mēru, ko Dievs katram piešķīris.*»

Jums jāsaprot, ka debesu mājoklis un debesu gods katram būs dots pēc viņa ticības.

Jūsu debesu mājokļi tiks iedalīti pēc jūsu sirds stāvokļa, sakarā ar to, cik tā pārveidojusies Dieva sirds līdzībā, kādā mērā jūs sasniegsiet Debesis savā sirdī, kā garīga personība.

Pieņemsim, bērns sacenšas ar pieaugušo sportā vai vada ar viņu kaut kādu strīdu. Bērnu pasaule atšķiras no pieaugušo pasaules, un bērnam drīz paliks garlaicīgi pieaugušā kompānijā. Domāšana, valoda un bērnu uzvedība atšķiras no pieaugušā. Labi, kad bērni spēlējas ar bērniem, pusaudži ar pusaudžiem, bet pieaugušie ar pieaugušajiem.

Tāpat ir arī garīgajā pasaulē. Tā kā katrs sasniedzis savu gara līmeni, mīlestības un taisnības Dievs piešķir Debesu mājokļus atkarībā no Savu bērnu ticības mēra, lai visi būtu laimīgi.

Kungs atnāks, kad būs sagatavoti debesu mājokļi

Jāņa Evaņģēlijā 14:3, Kungs apsola, ka atgriezīsies un paņems mūs sev līdz uz Debesu Valstību pēc tam, kad sagatavos mājokļus.

Pieņemsim cilvēks kādreiz saņēmis Dieva svētību un daudzas balvas Debesīs par savu uzticību. Taču, ja viņš aizies atpakaļ pasaulē, viņš atkritīs no glābšanas un atradīsies pēc nāves ellē. Viņa debesu balvas pārvērtīsies par neko. Pat, ja viņš nenokļūs ellē, viņš zaudēs balvas. Kungs atceras visu, ko jūs uzticīgi darāt priekš Dieva Valstības.

Ja jūs darāt svētu savu sirdi, apgraizot to Svētajā Garā, jūs noteikti būsiet ar Kungu, kad Viņš atgriezīsies. Viņš svētīs jūs un jūs mirdzēsiet kā saule Debesīs. Kungs vēlas, lai visi Dieva bērni kļūtu pilnīgi, tāpēc Viņš teica: «*... nākšu atkal un ņemšu jūs pie Sevis, lai jūs arī būtu tur kur Es.*» Jēzus vēlas, lai jūs attīrītos un stipri turētos pie cerības vārda.

Debesis I

Kad Jēzus piepildīja Dieva Gribu un pagodināja Viņu, Dievs pagodināja Jēzu un deva Viņam jaunu vārdu: «ķēniņu Ķēniņš, kungu Kungs.» Tāpat Viņš rīkosies arī ar jums, ja jūs pagodināsiet Dievu šajā pasaulē, Dievs pagodinās jūs. Jo vairāk jūs pārveidosiet savu sirdi līdzībā Dieva sirdij, jo tuvāk jūs saņemsiet vietu pie Dieva troņa Debesu Valstībā.

Debesu mājokļi gaida savus saimniekus, Dieva bērnus, kā izrotātas līgavas gaida savus līgavaiņus. Apustulis Jānis uzrakstījis Atklāsmē 21:2: *«Un es redzēju svēto pilsētu, jauno Jeruzalemi nokāpjam no Dieva, sagatavotu kā savam vīram greznotu līgavu.»*

Pati skaistākā līgava uz šīs pasaules, nevar līdzināties tam, kas būs sagatavots debesu mājokļos. Debesu mājas aprīkotas tā, lai lasītu savu saimnieku domās izteiktās vēlmes un dotu tiem mūžīgu laimi.

Sal. pam. 17:3 mēs lasām: *«Kā uguns sudrabu un kausējamā krāsns zeltu, tā Tas Kungs pārbauda sirdis.»* Es lūdzu Kunga vārdā, lai jūs apzinātos, ka Dievs attīra ļaudis un dara tos par Saviem patiesiem bērniem. Esiet ar cerību uz Jauno Jeruzalemi, pieliekot pūles, esiet uzticīgi visam Dieva namam un tiecieties uz vislabāko Debesu Valstību – Jauno Jeruzalemi.

5. Nodaļa.

Kā mēs dzīvosim Debesīs?

1. Dzīvesveids Debesīs
2. Drēbes Debesīs
3. Ēdiens Debesīs
4. Transports Debesīs
5. Izklaides Debesīs
6. Pielūgsme, izglītība, kultūra Debesīs

«*Ir debesu ķermeņi un zemes ķermeņi;
bet citāds krāšņums ir debesu ķermeņiem
un citāds zemes ķermeņiem.
Citāds spožums ir saulei
un citāds mēnesim
un citāds zvaigznēm;
jo viena zvaigzne ir spožāka par otru.*»
- Pirmā vēstule Korintiešiem 15:40-41 -

Laimi, kas sagaida ļaudis Debesīs, nevar salīdzināt ne ar ko uz šīs zemes. Atpūta brīnišķīgā jūras krastā ar mīļoto cilvēku – ir tikai mirklis, un arī tas saindēts ar raizēm par to, ar ko mēs saduramies ikdienu savā dzīvē. Ja, pieņemsim, mēs varam sev atļauties tādā veidā atpūsties mēnesi, otru vai veselu gadu, mūs sāks garlaikot tāda laika pavadīšana, un mēs sāksim meklēt jaunas izklaides.

Dzīve Debesīs, caurspīdīgās kā kristāls, pati par sevi ir laime, tāpēc ka tur viss jauns, nezināms, priecīgs un mūžīgs. Jūs pavadīsiet burvīgas stundas kopā ar Dievu Tēvu un Kungu. Jūs varēsiet baudīt savu hobiju, mīļotās spēles pēc savas vēlēšanās. Tagad apskatīsim, kā dzīvos Dieva bērni Debesīs.

1. Dzīvesveids Debesīs

Jūsu fiziskais ķermenis pārmainīsies par garīgu ķermeni un sastāvēs no gara, dvēseles un debesu ķermeņa. Jūs varēsiet pazīt Debesīs savus tuvākos – sievu, vīru, bērnus vai vecākus. Jūs pazīsiet savu mācītāju, draudzes locekļus. Jūs atcerēsieties to, ko jūs būsiet aizmirsuši šeit uz zemes. Jūs būsiet gudri, jūs mācēsiet atšķirt un saprast Dieva gribu.

Daži jautā, vai mūsu grēki būs redzami apskatīšanai Debesīs. Tā nebūs, tāpēc ka jūs esat nožēlojuši savus grēkus, un Dievs attālinājis no mums mūsu pārkāpumus tik tālu, kā austrumus no rietumiem (Ps. 103:12). Bet Viņš atceras mūsu labos darbus, jo uz to laiku, kad jūs atnākat uz Debesīm, visi jūsu grēki jau piedoti.

Kā jūs izmainīsieties un kā dzīvosiet Debesīs?

Debesu ķermenis

Cilvēkiem un dzīvniekiem uz šīs zemes ir noteikts atpazīstams izskats. Mēs viegli atpazīstam ziloni, lauvu, ērgli un cilvēku. Trīsdimensiju zemes telpā eksistē ķermenis ar savu formu, bet četru dimensiju debesu pasaulē ir debesu ķermeņi. Debesīs jūs atpazīsiet savējos pēc debesu ķermeņiem. Kā izskatās debesu ķermenis?

Kad Kungs atgriezīsies uz zemi, katrs no jums pārmainīsies augšāmceltā ķermenī, tas ir garīgajā ķermenī. Pēc Lielās Tiesas augšāmceltais ķermenis pārveidosies garīgā ķermenī, kurš ir pilnīgs. Atkarībā no balvas katrs mirdzēs savā godā.

Debesu ķermenim ir kauli un miesa, kā Jēzus ķermenim pēc Augšāmcelšanās (Jāņa 20:27), bet jaunais ķermenis sastāvēs no gara, dvēseles un neiznīcīga ķermeņa. Mūsu iznīcīgais ķermenis izmainīsies par jaunu ar Vārdu un Dieva spēku.

Debesu ķermenis, kas sastāv no mūžīgiem neiznīcīgiem kauliem un miesas, atjaunojies un attīrījies mirdzēs. Debesu ķermenis būs vesels un pilnīgs.

Debesu ķermenis neizzudīs kā ēna, tam būs skaidra forma, tas nebūs pakļauts laikam un telpai. Tāpēc Jēzus, ieradies pie mācekļiem pēc Augšāmcelšanās, varēja iet cauri sienām (Jņ. 20:26).

Mūsu zemes ķermeņi noveco, pārklājas krunkām, bet debesu būs neiznīcīgi, vienmēr jauni un mirdzoši kā saule.

Ne vecāki par 33 gadiem

Daudzi jautā, kāda lieluma būs mūsu debesu ķermeņi, vai būs bērnu vai pieaugušo ķermeņi. Debesīs visiem, vai tie miruši jauni vai gados veci, ķermeņi būs ne vecāki par 33 gadiem, tas ir vecums, kurā Jēzus bija piesists krustā.

Kādēļ Dievs atļauj mums vienmēr palikt šajā vecumā? Saule visspožāk mirdz pusdienas laikā, bet cilvēka dzīves pilnbrieds atnāk 33 gados.

Cilvēki, kas jaunāki par 30 gadiem vēl nedaudz nepieredzējuši un nenobrieduši, tie, kas vecāki par 40 gadiem, jau zaudē enerģiju. Ap 33 gadiem cilvēks ir nobriedis un skaists no visiem aspektiem. Lielākā daļa devušies laulībā, audzina bērnus un saprot Dieva sirdi.

Tādā veidā Dievs izmainīs jūs uz debesu ķermeni, un jūs uz visiem laikiem saglabāsiet savu jaunību pašā skaistākajā vecumā.

Nebūs bioloģiskās radniecības

Būtu tak smieklīgi, ja Debesīs, mūžībā mēs izrādītos tajā pašā fiziskajā formā, kādā aizgājām no šīs pasaules. Pieņemsim, cilvēks nomiris 40 gadu vecumā un devies uz Debesīm. Viņa dēls aizgājis uz Debesīm 50 gados, bet viņa mazdēls nomiris 90 gados un arī nokļuvis Debesīs.

Kad viņi satiksies Debesīs, mazdēls būs vecāks par vectēvu. Tādēļ, Debesīs, kur valda taisnīgais un mīlošais Dievs, visiem būs pa 33 gadiem, bet bioloģiskās vai fiziskās radniecības kā uz zemes nebūs.

Neviens nevienu nesauks par mammu, papu, dēlu vai meitu,

kaut arī uz zemes viņi bija vecāki vai bērni. Tāpēc, ka visi būs brāļi un māsas un Dieva bērni. Bet, tā ka viņi zina, ka uz zemes viņi bija mīloši vecāki un bērni, viņi varēs vēl stiprāk mīlēt cits citu.

Bet, ja māte nokļūs Otrajā Debesu Valstībā, bet viņas dēls – Jaunajā Jeruzalemē? Uz zemes dēls, neapšaubāmi kalpoja mātei, bet Debesīs māte paklanīsies viņam, jo viņš vairāk līdzināsies Dievam Tēvam un gaisma, kas nāks no viņa debesu ķermeņa būs spožāka, kā viņas gaisma.

Tātad, jūs nevienu nesauksiet tajos vārdos un titulos, kā bijāt pieraduši uz zemes. Dievs Tēvs dos katram jaunu vārdu ar garīgu nozīmi. Vēl uz zemes Dievs nomainīja Ābrama vārdu pret Ābrahāmu, viņa sievas vārdu Sāraja pret Sāra, nosauca Jēkabu par Israēlu, tāpēc ka viņš cīnījās ar pašu Dievu.

Atšķirība starp vīriešiem un sievietēm Debesīs

Debesīs nebūs laulību, bet būs skaidra atšķirība starp vīriešiem un sievietēm. Vidējais vīriešu augums būs simts septiņdesmit centimetri, bet sievietes – apmēram par desmit centimetriem mazāks.

Daži nav apmierināti ar savu pārāk garo, vai pārāk mazo augumu. Debesīs mums nevajadzēs raizēties par to. Mūs neuztrauks svars, tāpēc ka visi būs slaidi un skaisti.

Debesu ķermenim nebūs svara, bet tas būs stabils, tam būs forma un izskats. Mati būs gaiši un viegli viļņaini. Vīriešiem tie būs līdz kaklam, bet sievietēm būs dažāds garums.

Gari mati sievietei nozīmēs, ka viņa saņēmusi augstu

apbalvojumu Debesīs un paši garākie būs līdz jostasvietai. Ar augstu godu un cieņu pagodināta sieviete, kurai ir gari mati (1. Kor. 11:15).

Uz zemes lielākā daļa sieviešu sapņo par baltu un maigu ādu. Viņas lieto kosmētiskos līdzekļus, lai balinātu ādu un noņemtu visas krunciņas. Debesīs visiem āda būs tīra, balta, mirgojoša slavas gaismā.

Pēc kosmētikas nebūs vajadzības, tāpēc ka tur nebūs ļaunuma un visi cilvēki būs skaisti. Godības gaisma, kas atspīd no debesu ķermeņa, mirdzēs baltāk, tīrāk un spožāk atkarībā no tā, cik svēts būs cilvēks, un par cik viņa sirds līdzināsies Kungam.

Debesu cilvēka sirds

Debesu cilvēka sirds – tas ir dievišķās dabas gars, kurā nav ļaunuma. Tāpat kā cilvēkiem gribas pieskarties kaut kam ļoti labam un skaistam uz šīs zemes, debesu ļaužu sirds tieksies pretī citu skaistumam.

Bet Debesīs nebūs skaudības. Ļaudis ir nepastāvīgi uz zemes, viņi nogurst no kādām lietām, pat no skaistām un patīkamām lietām. Cilvēkam ar debesu ķermeni sirds būs bez viltus un nemainīga.

Piemēram, ļaudis, kas ir trūcīgi uz šīs zemes, apmierina vienkārša un lēta barība. Mazliet kļūstot bagātākiem viņi jau vairs neapmierinās ar to, ko ēduši agrāk un cenšas iegādāties dārgākus pārtikas produktus. Ja jūs esat nopirkuši bērnam rotaļlietu, viņš priecājas un spēlējas ar to, bet pēc dažām dienām viņš zaudē par rotaļlietu interesi un grib jaunu. Debesīs ļaudis domās citādāk. Ja cilvēkam kaut kas patiks, tad tas ir mūžīgi.

2. Drēbes Debesīs

Kāds domā, ka drēbes Debesīs būs visiem vienādas, bet tas tā nav. Dievs – Radītājs un Taisnīgais Tiesnesis, kas atdod saskaņā ar to, ko jūs esat darījuši. Tātad, tāpat kā balvas Debesīs, drēbes arī visi saņems savas, pēc darbiem (Atkl. 22:12). Kādas jums būs drēbes Debesīs, kā tās būs izgreznotas?

Debesu drēbes dažādu krāsu un piegriezuma

Debesīs visiem būs spilgtas, baltas un mirdzošas drēbes. Tās būs mīkstas, vieglas un plūstošas kā brīnišķīgs zīds. Tā kā mēs visi būsim darīti svēti atšķirīgās pakāpēs, gaisma, kas atstarosies no drēbēm, būs dažāda.

Jo vairāk jūs būsiet līdzīgi Dieva sirdij, jo spožāk mirdzēs jūsu drēbes. Izglābtie saņems apģērbu saskaņā ar to, kā viņi darbojušies šeit uz zemes priekš Dieva Valstības, kā pagodinājuši Dievu.

Uz zemes ļaudis nēsā dažādas drēbes, un bieži pēc apģērba mēs nosakām cilvēka piederību tai vai citai sociālai grupai vai finansiālo stāvokli.

Debesīs arī jums būs dotas skaistākas un greznākas drēbes, ja jūsu stāvoklis Debesīs augstāks. Frizūras un rotaslietas arī atšķirsies. Senos laikos ļaudis uzzināja piederību pie noteiktas sociālās šķiras pēc apģērba krāsas.

Debesīs ļaudis arī uzzinās cits cita stāvokli un debesu balvu pēc apģērba. Īpašas krāsas un piegriezuma apģērbs būs dots tiem, kas saņēmuši visaugstāko godu.

Varam secināt, ka tie, kas iegājuši Jaunajā Jeruzalemē, ir

kalpojuši Debesu Valstībai īpašā veidā, saņems pašu skaistāko, spilgtu un mirdzošu apģērbu. Tas, kas nav daudz izdarījis priekš Debesu Valstības, saņems nedaudz drēbju. Ja jūs esat parādījuši uzticību un mīlestību kalpošanā, jūsu drēbes būs košas, daudzveidīgas un to būs ļoti daudz.

Debesu drēbes ar dažādām atšķirības zīmēm

Dievs dos drēbes ar dažādām atšķirības zīmēm, lai parādītu katra cilvēka slavu. Tāpat kā pagātnē karaļa ģimenes locekļi parādīja ieņemamo stāvokli ar to, ka nēsāja noteiktas atšķirības zīmes uz sava apģērba, tā arī Debesu Valstībā katra gods un debesu stāvoklis atzīmēts īpaši.

Ir pateicības, slavas, lūgšanu un prieka ordeņi un zīmes, kas būs piešūti pie debesu apģērba. Kad uz zemes jūs dziedat slavu Dievam ar pateicīgu sirdi par Viņa mīlestību un svētību, kad jūs dziedat, lai slavētu Dievu, Viņš pieņem jūsu sirdi kā aromātu un pievieno pie jūsu debesu drēbēm tādu ordeni.

Prieka un pateicības ordeņi būs doti ļaudīm, kuri izrādījuši prieku un pateicību no visas sirds, atceroties par Dieva Tēva svētību, kas devis tiem mūžīgo dzīvību un Debesu Valstību, kad viņi bija bēdās un pārbaudījumos uz zemes.

Nākošā, lūdzēja atšķirības zīme, būs dota tiem, kas veltīja savu dzīvi lūgšanām par Dieva Valstību. Pati skaistākā zīme būs slavas ordenis. To visgrūtāk nopelnīt. Šis ordenis tiek dots tiem, kas strādājuši priekš Dieva slavas ar patiesu sirdi. Kā valsts prezidents piešķir visaugstāko valsts ordeni karavīram par viņa teicamo kalpošanu, tā arī šis debesu slavas ordenis tiek dots tiem, kas

Debesis I

daudz pūlējušies priekš Dieva Valstības un tās goda. Apbalvotais ar slavas ordeni būs pats izcilākais Dieva Valstībā.

Apbalvojumi ar vainagiem un dārglietām

Debesīs daudz dārglietu. Dārglietas tiks dotas kā balvas un piestiprinātas pie apģērba. Atklāsmes grāmatā jūs lasāt, ka Kunga galva greznota ar zelta kroni, bet uz krūtīm – lenta. Šīs balvas Viņam devis Dievs.

Bībelē ir runāts par dažādiem vainagiem. Tie tiek doti kā apbalvojumi, tāpēc atšķiras.

Ar vainagiem tiek apbalvoti par labiem darbiem uz zemes. Piemēram, nevīstošu vainagu saņem uzvarējušie sacīkstēs (1. Kor. 9:25); slavas vainagu dos tiem, kas slavē Dievu (1. Pēt. 5:4); dzīvības vainagu – tiem, kas parādīja uzticību, nebaidoties no nāves (Jēk. 1:12; Atkl. 2:10); zelta vainagi būs doti 24 vecajiem, sēdošiem ap Dieva Troni (Atkl. 4:4, 14:14); taisnības vainags, par kuru sapņoja apustulis Pāvils (2. Tim. 4:8).

Vainagi atšķirsies pēc formas un pēc tā, ar kādām dārglietām tie būs rotāti. Būs vainagi izrotāti ar zeltu, puķēm, pērlēm. Pēc vainaga jūs varēsiet noteikt cilvēka svētumu un balvu.

Šajā pasaulē jebkurš var nopirkt dārglietas, ja viņam ir nauda, bet Debesīs dārglietas tiek dotas kā balva. Jūsu balvas tiks noteiktas pēc tā, cik daudz ļaužu jūs esat pieveduši pie glābšanas, cik daudz līdzekļu jūs esat ziedojuši baznīcai no visas sirds, vai esat uzticīgi kalpojis. Dārglietas un balvas būs dažādas – pēc darbiem, kurus jūs esat darījuši. Dārglietu spilgtums, skaistums un skaits arī nebūs vienāds.

Mājokļi un mājas Debesu Valstībā arī būs dažādi. Mājokļi

tiek doti pēc ticības. Izmērs, skaistums, zelta un dārglietu apdares spožums mājām arī būs atšķirīgas. Sīkāk par to es stāstīšu 6. nodaļā.

3. Ēdiens Debesīs

Ēdenes dārzā Ādams un Ieva ēda tikai augļus no kokiem un augus, kas nes sēklu (1. Moz. 1:29). Pēc grēkā krišanas, nonākot uz zemes, viņi ēda augu barību. Pēc Plūdiem ļaudīm bija atļauts ēst gaļu. Ļaunums aizvien vairāk iegāja cilvēkā, attiecīgi izmainījās arī viņa barība.

Ko mēs ēdīsim Debesīs, kur nav ļaunuma? Daži, iespējams, būs izbrīnīti, ka debesu ķermenim arī vajadzīga barība. Debesīs jūs varēsiet dzert dzīvības ūdeni, ēst daudzveidīgus augļus vai ieelpot to aromātu. Tas dos jums lielu prieku.

Debesu ķermeņi ieelpo smaržas

Debesu ķermenim nebūs vispār vajadzības elpot, bet elpošanas laikā ķermenis var atpūsties. Tāpēc tas elpo ne tikai ar degunu un muti, bet arī ar acīm, visām ķermeņa šūnām un pat ar sirdi. Dievs arī ieelpo smaržas.

Viņš ir Gars. Dievam bija patīkami, kad taisnie pienesa viņam upurus. Viņš ieelpoja patīkamo smaržu – Vecajā Derībā (1. Mozus 8:21). Jaunajā Derībā Jēzus, tīrs un bez vainas, pienesa Sevi kā upuri Dievam par jauku smaržu (Efez. 5:2).

Dievs pieņem jūsu sirds jauko smaržu, kad jūs esat pielūgsmē Viņam, lūdzoties, dziedot psalmus ar patiesu sirdi. Jo vairāk jūs līdzināties Kungam un kļūstat taisns, jo jūs esat jaukāka smarža priekš Dieva, un Viņš pieņem jūsu upuri. Dievs pieņem jūsu slavēšanu un lūgšanas, ieelpojot jūsu jauko Kristus smaržu.

Mateja Evaņģēlijā 26:29 mēs lasām, ka Kungs lūdzas par jums no tās stundas, kad Viņš pacēlās uz Debesīm, neēdot ēdienu pēdējos divus tūkstošus gadus. Debesīs ķermenis var iztikt bez ēšanas un dzeršanas. Jūs dzīvosiet mūžīgi Debesīs tāpēc, ka izmainīsieties garīgā neiznīcīgā ķermenī.

Kad jūsu debesu ķermenis ieelpos, tas sajutīs vēl vairāk prieka un laimes, bet gars atjaunosies. Ļaudis uz zemes piemeklē diētu, lai saglabātu veselību, bet debesu ķermeņi ar baudu ieelpo dažādu augu un puķu aromātus.

Debesu patīkamā smarža vienmēr atnesīs laimi un apmierinājumu. Kad debesu ķermenis ieelpo puķu un augļu aromātu, šis aromāts uzsūcas ķermenī kā laba smarža.

Ķermenis sāk izplatīt šo aromātu. Tāpat kā uz zemes jums uzlabojas garastāvoklis no labu smaržu aromāta, Debesīs debesu ķermenis sāk sajusties laimīgāks ieelpojot brīnišķīgos aromātus.

Bībelē mēs lasām, ka Kungs parādījās Saviem mācekļiem pēc Augšāmcelšanās vairākas reizes. Viņš izpūta dvašu (Jņ. 20:22) un ēda ar viņiem maizi (Jņ. 21;12-15). Jēzus ēda kopā ar viņiem ēdienu, ne tādēļ, lai remdētu izsalkumu, Viņš gribēja dalīties ar viņiem priekā un, lai dotu jums saprast, ka Debesīs jūs arī uzņemsiet barību.

Šī iemesla dēļ Bībelē uzrakstīts, ka Jēzus Kristus uzņēma barību maizi un zivis pēc Savas Augšāmcelšanās. Kāpēc Bībelē rakstīts, ka Jēzus izelpoja? Debesīs barība sairst un pamet ķermeni caur elpošanu.

4. Transports Debesīs

Attīstoties zinātnei un tehnikai cilvēce pastāvīgi izgudro aizvien ātrākus un komfortablākus pārvietošanās līdzekļus: karietes, ratus, automobiļus, kuģus, vilcienus, lidmašīnas. Debesīs arī būs daudz dažāda transporta. Tur būs gan sabiedriskais transports – debesu vilcieni, un personīgais transports – automašīnas no mākoņiem un zelta furgoni.

Debesu ķermeņi varēs ļoti ātri pārvietoties, varēs pat lidot cauri laikam un telpai, bet daudz patīkamāk būs lietot transportu, kas jums būs uzdāvināts kā balva.

Ceļojumi un transports Debesīs

Cik laimīgi un apmierināti jūs būsiet, kad jums būs iespēja ceļot pa Debesīm un redzēt brīnišķīgas un apbrīnojamas lietas, ko Dievs radījis!

Katrs Debesu stūrītis ir unikāli skaists, jums viss tur patiks. Tā kā debesu ķermeņa sirds ir nemainīga, tad jums nebūs tur garlaicīgi, jums neapniks pat apmeklēt vienas un tās pašas vietas. Ceļojumi pa Debesīm vienmēr būs priekš jums pievilcīgi un interesanti.

Debesu ķermenim nav nepieciešams transports, tādēļ ka tas nepiekusīs un var lidot. Tomēr dažāda transporta izmantošana dod liela komforta sajūtu. Pie mums uz zemes braukt autobusā ir ērtāk, nekā iet kājām, bet braukt ar taksi vai vadīt savu mašīnu ērtāk, nekā pārvietoties autobusā vai metro.

Debesu vilciens, izgreznots dažādām dārglietām var braukt bez sliedēm, tas viegli virzās pa labi, pa kreisi, augšup vai lejup.

Debesis I

Kad ļaudīm būs vajadzība atbraukt no Paradīzes uz Jauno Jeruzalemi, viņi iesēdīsies vilcienā, tādēļ ka šīs abas vietas atrodas cita no citas ļoti lielā attālumā.

No tāda, gandrīz lidojoša vilciena logiem, pasažieru acīm atklāsies brīnišķīgi skati. Bet doma par to, ka viņi ieraudzīs Dievu Tēvu dara tos vēl laimīgākus.

Debesīs ir zelta automobilis īpašam cilvēkam, kas atrodas Jaunajā Jeruzalemē, ar kuru viņš varēs apbraukāt Debesis. Automobilis izgreznots ar baltiem spārniem, bet tā iekšpusē ir poga, kas ļauj kustēties automātiski. Pēc īpašnieka vēlēšanās tas varēs pat lidot.

Automobilis no mākoņiem

Mākoņi Debesīs pilda rotājumu lomu, lai viss apkārt izskatītos vēl skaistāks. Kad cilvēks kustās, apkārt viņam esošie mākoņi pavairo viņa mirdzumu, un visi redz un sajūt tāda garīgā ķermeņa īpašu cienīgumu, godu un varu.

Bībele saka, ka Kungs atnāks uz mākoņa (1. Tes. 4:16-17), tāpēc ka atnākšana uz slavas mākoņa ir majestātiska. Mākoņi Debesīs eksistē, lai vairotu Dieva bērnu slavu. Ja jūs izpelnīsieties Jauno Jeruzalemi, jums tur būs brīnišķīgs automobilis no mākoņa.

Ne no tiem mākoņiem, kuri formējas virs zemes virsmas, bet no debesu mākoņa. Tāds automobilis demonstrē slavu, cieņu un sava saimnieka varu.

Ne visi to saņems, tāpēc ka Jaunajā Jeruzalemē ieies tikai pilnībā svētie, uzticīgie visam Dieva namam ļaudis. Viņi būs šajā automobilī kopā ar Kungu. Debesu karaspēks un eņģeļi tos pavadīs un kalpos viņiem, kā kalpo ķēniņam vai princim brauciena. Pavadošais debesu karaspēks un eņģeļi parāda automobiļa īpašnieka varu un slavu. Šī automobiļa vadītājs būs eņģelis. Kad cilvēks Jaunajā Jeruzalemē spēlē golfu un kustās pa laukumu, šis automobilis seko viņam. Kad viņš sēžas mašīnā, tā momentā piebrauc pie aizlidojušās bumbiņas.

Iedomājieties, ka jūs Jaunajā Jeruzalemē lidojat pa debesīm automobilī no mākoņa, jūs pavada eņģeļi. Iedomājaties, ka jūs ceļojat kopā ar Kungu, vai braucat debesu vilcienā ar saviem mīļajiem. Jūs būsiet milzīga prieka pārpildīti.

5. Izklaides Debesīs

Dažiem šķitīs, ka debesu ķermeņa dzīve nav ļoti interesanta, bet tas tā nav. Šajā fiziskajā pasaulē jūs nogurstat no izklaidēm; garīgajā pasaulē «izklaides» atnes atjaunotni un atpūtu.

Pat šajā pasaulē, jo vairāk jūs sasniedzat garīgo, jo dziļāk sajūtat mīlestību, jo laimīgāks jūs kļūstat. Debesīs jūs ar baudījumu darīsiet ne tikai savas iemīļotās nodarbes, jums būs daudz spēļu un izklaides. Viss, kas jums tur dots, nesīs jums nesalīdzināmu ar šo pasauli apmierinājumu.

Aizraušanās un spēles

Tāpat kā uz zemes ļaudis attīsta savus talantus un dara dzīvi interesantāku ar savām iemīļotajām nodarbēm, tā arī Debesīs jums būs dota tāda iespēja. Jūs varēsiet nodarboties ne tikai ar to, ko mīlējāt darīt šeit, bet arī ar to, kas jums nebija pieejams uz zemes, tādēļ ka jūs bijāt ļoti aizņemti ar kalpošanu Dievam.

Jūs varēsiet tāpat iemācīties ko jaunu. Tie, kas mīl spēlēt mūzikas instrumentus, varēs slavēt Dievu ar arfas spēli. Jūs varēsiet iemācīties spēlēt klavieres, flautu un daudzus citus instrumentus.

Jūs mācīsieties ātri un viegli, tāpēc ka Debesīs jūs kļūsiet daudz gudrāki. Jūs varēsiet saņemt prieku no sarunas ar dabu un debesu dzīvniekiem. Gan augi, gan dzīvnieki atpazīst Dieva bērnus, sveicinās tos un izrādīs pret tiem mīlestību un cieņu.

Jūs nodarbosieties ar sportu un spēlēsiet spēles: tenisu, basketbolu, boulingu, golfu, nodarbosieties ar deltaplanierismu, cīņas un bokss, kas kaitē ķermenim, tur nebūt. Sporta laukumi un sporta aprīkojumi būs droši. Tie darināti no brīnišķīgiem materiāliem un greznoti ar zeltu un dārglietām, lai jūs saņemtu vēl vairāk baudījuma sporta nodarbību laikā.

Sporta ierīces uzminēs ļaužu vēlmes un dāvās vēl vairāk prieka. Piemēram, jums patīk boulings. Bumba un ķegļi mainīs savu krāsu un paši sakārtosies tādā vietā un attālumā, ka jūs būsiet vienkārši laimīgs no tādas spēles. Ja jums gribēsies paspēlēt savam partnerim, ķegļi uzminēs jūs vēlēšanos.

Debesīs nav vietas ļaunumam, kas rada vēlēšanos noteikti kādu uzvarēt. Uzvara Debesīs – tas ir sagādāt citiem prieku un apmierinājumu. Kāds var jautāt par vispār tādas spēles jēgu bez uzvarētāja un zaudētāja. Bet Debesīs apmierinājumu saņem ne no uzvaras, bet no pašas spēles.

Protams, ir spēles, kurās patīkamais ir tieši godīgās sacensībās. Piemēram, ir spēle, kurā vajag sacensties ar to, kurš vairāk ieelpos puķu aromātus, kurš labāk mācēs sajaukt šos aromātus un saņemt jaunu.

Izklaides

Kāds jautās, vai Debesīs būs spēļu automāti. Spēles tur būs daudz interesantākas un aizraujošākas, nekā šeit uz zemes.

Spēles Debesīs, atšķirībā no zemes spēlēm, nekad nenogurdina jūs vai jūsu redzi. Tieši pretēji, tās dod jums atpūtu un atjauno jūsu spēkus.

Kad jūs uzvarat vai sasniedzat labāko rezultātu, jūs jūtaties laimīgs un nekad nezaudējat interesi par spēli. Ļaudis Debesīs būs debesu ķermeņos, viņi nebaidīsies nokrist no šūpolēm atrakciju parkā. Viņi sajutīs dziļu saviļņojumu un apmierinājumu.

Pat tie, kas šeit uz zemes baidās no augstuma, tur bezbailīgi vizināsies pa «amerikāņu kalniņiem.» Bet, ja kāds arī nokritīs, tad nesavainosies, jo viņš ir debesu ķermenī. Jūs varēsiet piezemēties, kā to dara «kaujas mākslas» čempioni vai arī eņģeļi noķers jūs.

6. Pielūgsme, izglītība, kultūra Debesīs

Debesīs nevajadzēs strādāt, lai nopelnītu ēdienam, apģērbam un mājai. Daudzus interesē, ar ko mēs nodarbosimies visu mūžību.

Par to nevajag raizēties. Tur būs daudz kā visa, ar ko jūs laimīgi nodarbosieties, interesanti pasākumi un notikumi, spēles, izglītības programmas, dievkalpojumi, svētki, festivāli, ceļojumi, sports.

Piedalīšanās tajos nebūt nebūs obligātas un piespiestas. Jūs darīsiet tikai to, ko vēlēsieties un būsiet laimīgi.

Priecīga Dieva Radītāja pielūgsme

Tāpat kā uz zemes jūs apmeklējat sapulces un pielūdzat Dievu noteiktās dienās, tāpat arī Debesīs dievkalpojumiem būs iedalīts laiks.

Svētrunu teiks Pats Dievs un no Viņa jūs uzzināsiet par Dievu, par garīgo valstību, kuriem nav ne sākuma ne beigu. Tie, kuri labi mācās, ar nepacietību gaida tikšanos ar skolotāju. Ticīgie, kas dzīvo pēc gara un taisnības, vienmēr ar prieku gaida dievkalpojumus, lūgšanu sapulces, lai dzirdētu mācītāja balsi, kas sludina dzīvības vārdu.

Kad jūs atnāksiet uz Debesīm jūs pārņems prieks pielūdzot Dievu, un jums vienmēr būs slāpes sadzirdēt Viņa Vārdu. Jūs dzirdēsiet Dieva Vārdu sapulcēs, jums būs iespēja sarunāties ar Dievu vai klausīties Kunga Vārdu. Tur būs laiks lūgšanām. Bet jūs jau vairs neaizvērsiet acis un nemetīsieties uz ceļiem, kā jūs to darījāt uz zemes. Tas būs sarunu laiks ar Dievu. Lūgšanas Debesīs – tā ir saruna ar Dievu Tēvu, Kungu un Svēto Garu. Cik svētīgs un laimīgs laiks iestāsies!

Jūs varēsiet slavēt Dievu tāpat, kā jūs to darījāt šeit. Jūsu slavēšana izpaudīsies ne zemes valodās – jūs dziedāsiet Dievam jaunu dziesmu. Izgājušie pārbaudījumus uz zemes, kopā ar saviem mācītājiem pielūgs un dalīsies sadraudzībā.

Kā ļaudis būs kopā pielūgsmē, ja to mājokļi atrodas dažādās Debesu vietās? Katrā Debesu rajonā Debesu ķermeņi izstaro dažādu gaismu, tāpēc viņi ņem speciālu apģērbu, lai apmeklētu augstāka līmeņa rajonu. Lai ierastos uz dievkalpojumu Jaunajā Jeruzalemē, kura mirdz slavas gaismā, visiem vajadzīgs saņemt atbilstošu apģērbu.

Tagad jūs varat atnākt uz baznīcu vai piedalīties dievkalpojumā paskatoties pārraidi caur satelītu. Debesīs būs tieši tāpat. Jūs varēsiet vērot dievkalpojumu, kas notiek Jaunajā Jeruzalemē, atrodoties jebkurā Debesu rajonā. Bet ekrāns tur būs tik dabisks, ka jūs sajutīsieties, it kā atrastos pašā notikumu centrā.

Jūs varēsiet uzaicināt uz pielūgsmi ticības tēvus, piemēram, Mozu un apustuli Pāvilu. Tomēr, priekš tā, lai uzaicinātu tādus ievērojamus cilvēkus, jums jābūt attiecīgai garīgai autoritātei.

Jūs uzzināsiet garīgus noslēpumus

Dieva bērni ir iemācījušies daudzas garīgas patiesības uz zemes, bet tas, ko viņi uzzināja šeit, bija tikai pakāpieniņš, lai ieietu Debesīs. Uzejot Debesīs, viņi sāk izzināt jaunu pasauli.

Piemēram, kad mirst ticīgie Jēzum Kristum, viņi apstājas rajonā, kas robežojas ar Paradīzi, un tur eņģeļi pasniedz viņiem debesu etiķetes un likumu stundas.

Tāpat kā uz zemes nepieciešams mācīties, lai adoptētos cilvēku sabiedrībā, arī par dzīvi garīgajā pasaulē vajag saņemt sīku instrukciju, lai zinātu kā uzvesties.

Kāds pajautās, kāpēc mācīties Debesīs, jo mēs taču jau uz zemes esam daudz ko iemācījušies. Mācības uz zemes ir garīgā sagatavošanās priekš tās īstās apmācības, kura sāksies tikai pēc tā, kad mēs atnāksim uz Debesīm.

Jaunu zināšanu apguvei nav beigu, jo Debesu Valstība ir bez robežām un bezgalīga. Nav svarīgi, cik jūs jau zināt, jūs varēsiet mācīties par Dievu visu mūžību, jo Viņam nav sākuma. Jums nekad neizzināt līdz galam «Es Esmu», kas vada visumu,

Mūžīgo Dievu.

Jūs saprotat, ka eksistē daudz kas, ko jūs varat uzzināt, ja jūs ieiesiet bezgalīgajā garīgajā valstībā. Garīgā izzināšana ir ļoti interesanta, aizraujoša un nepavisam nav līdzīga apmācībām šeit pasaulē. Jūs neviens nepiespiedīs ar varu mācīties.

Eksāmenu tur nebūs. Jūs nekad neaizmirsīsiet to, ko uzzināsiet un nekad nenogursiet no mācībām. Jums nekad nebūs garlaicīgi Debesīs. Jūs vienkārši būsiet laimīgi uzzināt jaunas garīgas patiesības.

Svētki, mielasti, priekšnesumi

Debesīs būs daudz svētku. Šie svētki kļūs kā virsotnes visiem debesu priekiem. Tieši tur jūs sajutīsiet jaukumu un prieku, vērojot Debesu bagātību, skaistumu un slavu.

Kā uz zemes ļaudis cenšas apģērbties greznāk, kad iet uz svarīgu pieņemšanu, tāpat arī Debesīs svētkos ļaudis ietērpsies pašās skaistākajās drēbēs. Svētkos daudz dejos, skanēs mūzika, dziesmas un laimīgi smiekli.

Tur būs lieliskas koncertzāles, līdzīgi Karnegi Hallei Ņujorkā vai Operas teātrim Sidnejā. Priekšnesumi Debesīs norisinās ne lai palielītos, bet lai slavētu Dievu, Kungam un visiem pārējiem par prieku.

Priekšnesumu dalībnieki slavēs Dievu ar dziesmām, dejām, spēlējot uz mūzikas instrumentiem. Šeit uz zemes viņi arī dziedāja slavas dziesmas. Reizēm viņi izpildīs tos pašus muzikālos priekšnesumus, ko virs zemes. Par izpildītājiem varēs kļūt arī tie, kas to ļoti vēlējās uz zemes, bet dažādu apstākļu spiesti, to nevarēja sev atļauties.

Kā mēs dzīvosim Debesīs?

Tagad viņi slavē Dievu dziedot jaunas dziesmas un dejojot. Tur būs kinoteātri. Pirmajā un Otrajā Debesu Valstībā kinoteātri būs publiski. Bet Trešajā Valstībā un Jaunajā Jeruzalemē katram iedzīvotājam būs mājas kinoteātris. Viņi varēs gūt baudījumu skatoties filmas individuāli vai uzaicinot dārgus viesus.

Bībelē teikts mums, ka apustulis Pāvils bija Trešajās Debesīs, bet nevarēja par to runāt (2. Kor. 12:4). Ļoti sarežģīti izskaidrot ļaudīm Debesis, tāpēc ka tās ir nepazīstamas pasaulei, un ļaudis nevar saprast pareizi. Visdrīzāk viņi visu sapratīs nepareizi.

Debesis pieder garīgai sfērai. Daudz ko tur neiespējami ne saprast, ne iedomāties. Tur ir laimes un prieka pārpilnība, kādu jūs nekad neesat izjutuši virs zemes.

Dievs sagatavojis brīnišķīgas Debesis priekš jūsu dzīves tur. Viņš prasa no jums sasniegt nepieciešamās īpašības un iegūt tās caur Bībeli.

Es lūdzos Kunga vārdā, lai jūs pieņemtu Kungu ar prieku un sagatavotos Viņa atnākšanai kā brīnišķīga līgava.

6. Nodaļa.

Paradīze

1. Paradīzes skaistums un laime
2. Kas nokļūs Paradīzē?

*« Un Jēzus tam sacīja:
Patiesi es tev saku:
Šodien tu būsi ar mani paradīzē. »*

- Lūkas Evaņģēlijs 23:43 -

Visi, kas tic Jēzum Kristum, kā savam personīgajam Glābējam, kuru vārdi ir ierakstīti dzīvības grāmatā, iegūs mūžīgo dzīvi Debesīs. Es jau stāstīju, ka ir pakāpes ticības izaugsmē, ir mājokļi, vainagi un balvas Debesīs, kas atkarīgas no katra ticības mēra.

Tie, kuru sirdis vairāk kļuvušas līdzīgas Kunga sirdij, mūžībā atradīsies tuvāk Dieva Tronim. Jo tālāk viņi būs no Troņa, jo mazāk to sirdis pārveidojušas.

Paradīze – pati attālākā vieta no Dieva Troņa, pats zemākais Debesu līmenis. Tomēr Paradīze nesalīdzināmi brīnišķīgāka par šo zemi, tā ir skaistāka par Ēdenes dārzu.

Kas tas ir Paradīze, kādi ļaudis to apdzīvos?

1. Paradīzes skaistums un laime

Rajons, kas robežojas ar Paradīzi, tiek izmantots kā Gaidīšanas Vieta līdz Tiesai Baltā Troņa priekšā (Atkl. 20:11-12). Izņemot tos, kuri uzreiz nokļuvuši Jaunajā Jeruzalemē, tāpēc ka sasnieguši Dieva sirds līdzību un palīdzējuši Dievam Viņa darbos, visi pārējie izglābtie no paša sākuma, gaida apgabalos, kas robežojas ar Paradīzi.

Jūs saprotat, ka Paradīze ir tik milzīga, ka tās rajonu malas tiek izmatotas, kā Gaidīšanas Vieta priekš ļoti daudziem cilvēkiem. Paradīze ir pats zemākais Debesu līmenis, un tomēr tā ir nesalīdzināmi skaistāka un laimīgāka par mūsu zemi, kura nes uz sevis Dieva lāstu.

Paradīzē ieies tie Dieva bērni, kurus Viņš audzinājis uz zemes, tāpēc laimes un prieka tur vairāk nekā Ēdenes dārzā, kur dzīvoja pirmais cilvēks Ādams.

Tagad tuvāk apskatīsim Paradīzes skaistumu un laimi, kas bija man Dieva parādīta.

Plaši līdzenumi, piepildīti ar dzīvniekiem un augiem

Paradīze ir līdzīga plašam līdzenumam ar brīnišķīgi organizētiem zālājiem un apbrīnojamiem dārziem. Liels skaits eņģeļu šeit uztur kārtību un apkopj augus. Ir dzirdamas skaidras putnu dziesmas, kas atbalsojas pa visu Paradīzi. Putni ļoti līdzīgi tiem, kas ir uz zemes, bet nedaudz lielāki un apspalvojums košāks. Viņi pulcējas bariņos un dzied.

Koki un puķes dārzos svaigas un brīnumjaukas.Uz zemes koki un puķes ar laiku novīst, bet Paradīzē koki vienmēr ir zaļi un puķes nekad nenozied. Kad ļaudis tām tuvojas, tās smaida un atdod savus aromātus.

Koki bagātīgi ar augļiem. Augļi tur lielāki, nekā uz zemes. To miziņa vienmēr spīdīga un tie ir daudz gardāki. Tos nevajag mazgāt vai notīrīt, jo tur nav putekļu vai tārpu. Iedomājieties brīnišķīgu skatu: ļaudis sēž puķainā zālājā un sarunājas, blakus viņiem – grozi ar augļu un augu apetīti rosinošām delikatesēm.

Plašajā līdzenumā dzīvo daudz dzīvnieku. Lauvas miermīlīgi ēd zāli. Tās ir daudz lielākas nekā zemes lauvas, bet nemaz nav agresīvas. Tās ir ļoti mīļas, jo pēc sava rakstura ir mierīgas, bet to vilna ir tīra un zīdaina.

Klusi plūst Dzīvības Upe

Dzīvības Upe plūst cauri visām Debesīm, no Jaunās

Paradīze

Jeruzalemes līdz Paradīzei, tā nekad neizžūst, nepiesārņojas. Tās ūdens izteka sākas no Dieva Troņa un dāvā spēku visam, būdama Dieva sirds. Tā ir tīra, brīnišķīga, bez jebkādas vainas un zaigojoša gaismā, tajā nav tumsas. Dieva sirds ir pilnīga un absolūta.

Klusi plūstošais dzīvības upes ūdens līdzinās jūras virsmai mierīgā saulainā dienā, atstarojot saules gaismu. Tā ir tik tīra un caurspīdīga, ka to nevar salīdzināt ne ar vienu šīs zemes ūdenstilpni. No tālienes tā šķiet gaiši zila, kā Vidusjūras vai Atlantijas okeāna ūdeņi.

Abos dzīvības upes krastos izvietoti glīti soliņi. Apkārt soliņiem aug dzīvības koki, kas nes augļus katru mēnesi. Dzīvības koka augļi ir lielāki par šīs zemes augļiem, to smaržu un garšu nevar aprakstīt šīs zemes vārdiem. To mīkstums kūst mutē kā «cukura vate.»

Paradīzē nav personīgā īpašuma

Matu garums vīriešiem Paradīzē ir līdz kaklam. Sieviešu matu garums atspoguļo viņu balvu. Paši garākie mati sievietēm var sniegties līdz jostasvietai. Paradīzē ļaudis nesaņem balvas, tādēļ mati sievietēm nedaudz garāki nekā vīriešiem.

Viņi nēsā baltu viengabala griezuma apģērbu bez rotājumiem, tādiem kā piespraudes vai vainagi, vai matu sprādzes. Viņi neko nav izdarījuši priekš Debesu Valstības dzīvojot uz zemes. Tā kā visiem, kas mājo Paradīzē nav balvu, tur nav personīgo māju, vainagu, atšķirības zīmes vai personīgo eņģeļu.

Tur pietiekoši vietas tikai dzīvojošajiem Paradīzē. Viņi dzīvo

113

šai vietā un kalpo cits citam. Tas ir līdzīgi kā Ēdenes dārzā, kurā nav personīgo māju visiem iedzīvotājiem, taču starp šīm divām vietām ir ievērojama atšķirība. Ļaudis Paradīzē varēs saukt Dievu «Abba Tēvs,» tādēļ ka viņi pieņēmuši Jēzu Kristu un saņēmuši Svēto Garu. Laime Paradīzē nesalīdzināmi pilnīgāka, kā tā laime, ko deva Ēdenes dārzs.

Jūsu piedzimšana šajā pasaulē, jūsu dzīves pieredze, jūsu iegūtā ticība un kļūšana par Dieva bērnu – tā ir vērtīga svētība.

Paradīze piepildīta ar laimi un prieku

Pat Paradīzē dzīve pilna ar laimi, prieku un patiesību, jo tur nav ļaunuma, un katrs meklē vispirms cita labumu. Neviens nevienam nedara pāri un kalpo cits citam ar mīlestību. Cik brīnišķa tāda dzīve!

Tur nevajag raizēties, kur dzīvot, ar ko ģērbties, ko ēst. Tur nebūs asaru, bēdu, slimību, sāpju un nāves. Viss tas saucās par laimi!

«Viņš nožāvēs visas asaras no viņu acīm, nāves vairs nebūs, nedz bēdu, nedz vaidu, nedz sāpju vairs būs, jo kas bija, ir pagājis» (Atkl. 21:4).

Jūs tāpat ieraudzīsiet, ka eņģeļu vidū ir vecākie, tāpat arī starp ļaudīm Paradīzē tiks ievērota attiecīga hierarhija. Katra ticības darbi ir atšķirīgi, un tāpēc tie, kuru ticība attiecīgi lielāka būs nozīmēti, kā atbildīgie par vietu un cilvēku grupu.

Šiem ļaudīm būs citas krāsas apģērbs un augstāks stāvoklis visā. Tas nav netaisnības akts, bet Dieva neizmērojamās taisnības piepildīšana, atdodot katram pēc viņa darbiem. Debesīs nav vietas greizsirdībai, skaudībai vai ienaidam. Ļaudis neapvainojas, ja citam dots kas labāks, bet tikai priecājas. Jums vajadzīgs saprast, ka Paradīze nesalīdzināmi pārāka skaistumā un laimīgāka vieta, nekā mūsu zeme.

2. Kas nokļūs Paradīzē?

Paradīze – brīnišķīga vieta, radīta mīlestībā un Dieva žēlastībā. Tā ir tiem, kas vēl neatbilst visām patiesu Dieva bērnu prasībām, bet jau zina Dievu, noticējuši Jēzum Kristum, tāpēc nenokļūs ellē. Kas nokļūs Paradīzē?

Tie, kas nožēlojuši grēkus pirms pašas nāves

Paradīze, vispirms ir vieta tiem, kas nožēlojuši grēkus un pieņēmuši Jēzu Kristu pirms nāves. Viņi saņēmuši glābšanu līdzīgi tam, kā to izdarīja laupītājs, kurš karājās krustā vienā pusē Jēzum. Lūkas Evaņģēlijā 23. nodaļā stāstīts, kā abās pusēs Jēzum bija piesisti krustā divi laupītāji. Viens no viņiem apvainoja Jēzu, izsmēja Viņu, bet otrs norāja to un nožēlojot savus grēkus pieņēma Jēzu Kristu, kā savu Glābēju. Jēzus teica grēkus nožēlojušajam laupītājam, ka viņš ir glābts. «Un Jēzus tam sacīja: Patiesi, es tev saku, šodien tu būsi ar mani paradīzē.» Laupītājs paguva pieņemt Glābēju pirms nāves. Viņš neatmeta savus grēkus, nedzīvoja pēc Dieva Vārda. Tā kā viņš pieņēma Kungu pirms pašas nāves, viņam nebija laika mācīties un pildīt Dieva Vārdu.

Jums jāsaprot, ka Paradīze paredzēta tiem, kas pieņēmuši Jēzu Kristu, bet neko nav izdarījuši priekš Dieva Valstības, tāpat kā tas laupītājs, par kuru stāstīts Lūkas Evaņģēlijā 23. nodaļā. Ja jūs domājat, ka varēsiet pieņemt Kungu pirms nāves un arī nokļūt Paradīzē, tad jūs kļūdāties. Dievs pieļāva vienam laupītājam izglābties, tāpēc ka Viņš zināja, ka viņam bija laba sirds. Ja viņš būtu palicis dzīvs, tad viņš mīlētu Dievu un nekad Kungu neatstātu.

Tomēr ne katram izdosies pieņemt Kungu pirms nāves, ticība netiek dota vienā momentā. Jums jāsecina, jāsaprot, ka tas ir rets glābšanas gadījums, kad laupītājs, karājoties pie krusta vienā pusē Jēzum, saņēma glābšanu tieši pirms nāves.

Ļaudīm, kas saņēmuši «apkaunojošo» glābšanos ir vēl daudz ļaunuma sirdī pat pēc izglābšanās, tāpēc ka viņi dzīvoja pārkāpjot baušļus un nepildot Dieva Vārdu.

Viņi būs mūžīgi pateicīgi Dievam par to, ka nokļuvuši Paradīzē un varējuši baudīt mūžīgo dzīvi, pieņemot Jēzu Kristu, kā savu Glābēju, lai arī viņi nekādi nav izpauduši savu ticību uz zemes.

Paradīze ļoti atšķiras no Jaunās Jeruzalemes, kur atrodas Dieva Tronis, bet viņi, saņēmuši tādu glābšanu, priecīgi un laimīgi pat ar to.

Garīgās izaugsmes trūkums

Pieņēmušie Jēzu Kristu, bet palikušie bez ticības izaugsmes saņems «apkaunojošu» glābšanu un ieies tikai Paradīzē. Ne tikai jaunatgrieztie, bet arī tie, kas daudzus gadus uzskatīja sevi par kristiešiem, nokļūs tikai Paradīzē, ja viņu ticība paliks pirmajā līmenī.

Kādu reizi Dievs atļāva man sadzirdēt kāda cilvēka atzīšanos, kurš atrodas dotajā momentā Gaidīšanas Vietā Debesīs pie Paradīzes robežas. Viņš piedzima ģimenē, kura nepazina Dievu un kalpoja elkiem. Vēlāk viņš nolēma kļūt par kristieti, bet viņam nebija patiesas ticības, viņš turpināja grēkot un kļuva akls ar vienu aci. Viņš saprata, kas ir patiesa ticība, izlasot manu grāmatu «Atklāsme par mūžīgo dzīvi uz nāves sliekšņa.» Viņš kļuva par mūsu draudzes locekli un drīzumā aizgaja uz Debesīm.

Es dzirdēju viņa priecīgo atklāsmi par savu glābšanu, tāpēc ka viņš nokļuva Paradīzē, pārciešot daudz grūtību, sāpju un slimību šeit uz zemes.

«Es esmu brīvs un laimīgs, ka nokļuvu šeit atstājot savu miesu. Nesaprotu, kāpēc es tik ilgi turējos pie miesīgā. Nokļūstot šeit, es sapratu, ka viss bija nevajadzīgs un bezjēdzīgs.

Uz zemes es priecājos, pateicos, bēdājos un kritu bezcerībā. Šeit, kad es skatos uz savu pagātni ar nomierināta un laimīga cilvēka acīm, es atceros, kā ķēros veltīgi pie šīs pasaules un vadīju bezjēdzīgu dzīvi.

Manai dvēselei tagad ir viss, mana glābšanas vieta atnes man prieku. Man šeit ļoti labi, es atnācu uz šo brīnumaino vietu pēc novārdzinošās dzīves šeit uz zemes. Es pat nevarēju iedomāties, kāds iestāsies miers, kad atstāšu savu ķermeni.

Kāda laime, kāds prieks, ka es šeit. Aizgājušas visas manas bēdas, aklums, nespēja staigāt un kustēties.

Tagad es esmu apmierināts un pateicīgs, ka ieguvu mūžīgo dzīvi un atnācu uz šo vietu. Es esmu tikai Paradīzē, tās nav Pirmās, ne Otrās, ne Trešās Debesis vai Jaunā Jeruzaleme. Es esmu ļoti pateicīgs par to, ka es esmu Paradīzē.

Mana dvēsele ir apmierināta.
Mana dvēsele slavē Dievu.
Mana dvēsele ir laimīga.
Mana dvēsele ir pateicīga.

Ar prieku pateicos Dievam par to, ka beigusies mana nelaimīgā dzīve un tagad es baudu mieru.»

Atstājušie ticību pārbaudījumos

Ir ticīgie, kuri pakāpeniski kļuvuši «remdeni» ticībā dažu iemeslu dēļ. Manā draudzē bija vecajs, kurš kalpoja daudzus gadus. Visiem likās, ka viņam bija stipra ticība. Taču vienreiz viņš nopietni saslima, ka pat nevarēja parunāt. Viņš atnāca pie manis pēc aizlūgšanas.

Tā vietā, lai lūgtos par viņa dziedināšanu, es lūdzos par viņa glābšanu. Tajā momentā viņa dvēsele cieta no bailēm, tāpēc ka viņš redzēja, kā cīnījās eņģeļi, kas pūlējās paņemt viņu uz Debesīm un ļaunie gari, elles sūtņi. Ja viņam būtu glābjoša ticība, ļaunie gari nebūtu atnākuši pēc viņa. Nekavējoši es sāku lūgties, lai padzītu nešķīstos garus un lūgtu Dievu pieņemt šo cilvēku. Uzreiz pēc lūgšanas viņš ieguva mieru un sāka raudāt. Viņš nožēloja grēkus pirms pašas nāves, tik tikko saņemot glābšanu.

Paradīze

Varbūt, jūs esat saņēmuši Svēto Garu, varbūt jūs nozīmēja diakona kalpošanā vai par vecajo, bet jūs aizvien vēl dzīvojat grēkos. Atcerieties, ka Dieva priekšā kauns grēkot. Ja jūs neatstāsiet «remdeno» garīgo dzīvi, Svētais Gars pakāpeniski pametīs jūs, un jūs pazaudēsiet glābšanu.

«Es zinu tavus darbus, ka tu neesi ne auksts, ne karsts. Kaut jel tu būtu auksts vai karsts. Tā kā tu esi remdens, ne auksts, ne karsts, es tevi izspļaušu no savas mutes» (Atkl. 3:15-16).

Jums jāzina, ka nokļūt Paradīzē nozīmē saņemt «apkaunojošu» glābšanos. Jātiecas uz to, lai jūsu ticība kļūtu vairāk nobriedusi.

Pagātnē saņemot manu aizlūgumu, šis cilvēks kļuva dziedināts un arī viņa sieva, kas atradās uz nāves sliekšņa. Klausoties dzīvības vārdus, viņa ģimene, kurai agrāk bija daudz problēmu, kļuva par laimīgu ģimeni. No tā laika viņš garīgi izauga, kļuva par uzticamu Dieva darbinieku, uzticīgi pildīja visus savus pienākumus.

Tomēr, kad draudze sadūrās ar pārbaudījumiem, viņš necentās draudzi pasargāt, bet atļāva sātanam vadīt savas domas. Vārdi, kuri nāca no viņa mutes, uzbūvēja milzīgu grēka sienu starp viņu un Dievu. Dieva aizsardzība viņu atstāja, un viņš nopietni saslima.

Esot Dieva darbinieks, viņš nedrīkstēja klausīties visu, ko tolaik runāja – nepatiesību un pret Dieva gribu. Bet viņš ne tikai klausījās, bet arī pats izplatīja apmelojumus. Dievs bija spiests novērsties no viņa, tāpēc ka cilvēks ignorēja lielo Dieva labvēlību, kas nāca pār viņu, kad viņš bija dziedināts no nopietnas slimības.

Viņa balvas pārvērtās putekļos, viņš kļuva nespēcīgs lūgšanās, zaudēja pārliecību par glābšanu. Par laimi Dieva atcerējās viņa bijušo kalpošanu draudzē. Viņš deva viņam grēku nožēlas svētību, un šis cilvēks varēja iegūt «apkaunojošo» glābšanos.

Piepildīti ar pateicību par glābšanu

Kāda būs cilvēka atzīšanās, kas ieguvis glābšanu un nokļuvis Paradīzē? Viņš bija izglābts Debesu un elles krustcelēs, un es zinu, ka viņš piedzīvo patiesu mieru.

«Es esmu glābts. Kaut arī sasniedzu tikai Paradīzi, es esmu laimīgs, tāpēc ka atbrīvojos no visām šausmām un likstām. Mans gars bija ceļā uz tumsu, bet tagad tas ir šeit – brīnišķīgā un mierīgā gaismā.»

Cik liels ir viņa prieks pēc atbrīvošanās no elles šausmām! Dievs atļāva man sadzirdēt tāda cilvēka grēka nožēlu, kas kalpoja par vecajo un izglābās tādā apkaunojošā veidā, atrodoties tajā laikā Augšējā Kapā pirms tā, kad viņš nokļūs Gaidīšanas Vietā Debesīs.

Viņš nožēloja savus grēkus un pateicās man par aizlūgšanu. Viņš tāpat deva zvērestu Dievam lūgties par mūsu draudzi un par mani, līdz mēs satiksimies ar Dievu Debesīs.

No paša cilvēces attīstības sākuma uz šīs zemes, ļaudis, kas atbilst Paradīzes prasībām, vienmēr bija vairāk, nekā tie, kas var nokļūt citās Debesu vietās.

Tik tikko izglābtie un nokļuvušie Paradīzē ir ļoti pateicīgi un laimīgi, tāpēc ka viņi nav nokļuvuši ellē par to, ka nav varējuši vadīt pareizu kristieša dzīvesveidu uz zemes. Taču Paradīzes svētības un laimi nevar salīdzināt ar to, kas sagaida ticīgos Jaunajā Jeruzalemē. Paradīze tāpat atšķiras no sekojošā līmeņa – Pirmās Debesu Valstības. Jums jāsaprot, ka Dievam svarīgi ne jūsu nodzīvoto ticībā gadu skaits, bet jūsu attieksme pret Dievu, jūsu Viņa gribas pildīšana.

Šodien daudzi dzīvo pēc grēcīgas dabas, lai arī apgalvo, ka ir Svētā Gara piepildīti. Tādi ļaudis saņems tikai, «apkaunojošu» glābšanu un nokļūs Paradīzē. Kaut gan arī ir bīstamība, ka viņi garīgi nomirs, tas ir nokļūs ellē, tāpēc ka Svētais Gars pametīs viņus.

Daži ticīgie, neskatoties uz to, ka jau sen ir kristieši parāda augstprātību un nevēlas kalpot, un mācīties Dieva Vārdu, viņi nosoda citus ticīgos. Cik arī viņi neizrādītu ārēju entuziasmu un uzticību attiecībā pret Dieva kalpotājiem, labuma no tā nebūs, ja viņi neredz ļaunumu savā sirdī un neatmet savus grēkus.

Es lūdzos Kunga Vārdā, lai jūs, Dieva bērni, saņēmušie Svēto Garu, atmestu savus grēkus un visa veida ļaunumu, un censtos vienmēr pildīt Dieva Vārdu.

7. Nodaļa.

Pirmā Debesu Valstība

1. Tās skaistums un laime pārspēj Paradīzi
2. Kas nokļūs Pirmajā Debesu Valstībā?

*«Kas piedalās sacīkstēs,
tas ir visādi atturīgs, – viņi tāpēc,
lai dabūtu iznīcīgu vainagu,
bet mēs – neiznīcīgu.»*

- Pirmā vēstule Korintiešiem 9:25 -

Paradīze paredzēta tiem, kas pieņēmuši Jēzu Kristu, bet ar ticību neko nav veikuši. Šī vieta daudz skaistāka par zemi. Cik gan brīnišķīgāka būs Pirmā Debesu Valstība, kas sagatavota priekš tiem, kas pildījuši Dieva Vārdu? Tā izvietota tuvāk Dieva Tronim kā Paradīze. Bet Debesīs ir arī labākas vietas. Tomēr tie, kas ieies Pirmajā Debesu Valstībā būs ļoti apmierināti ar to, viņi būs laimīgi. Tagad mēs sīkāk apskatīsim Pirmo Debesu Valstību un uzzināsim, kas tur ieies.

1. Tās skaistums un laime pārspēj Paradīzi

Tā ka Paradīze – tā ir vieta tiem, kas neko nav veikuši ticībā, tur nebūs personīgā īpašuma un balvu. Sākot no Pirmās Valstības un augstāk, personīgais īpašums un vainagi tiek doti kā balvas.

Pirmajā Debesu Valstībā katram tiek dots mājoklis un vainags.Būt personīgās mājas īpašniekam Debesīs – liels gods. Tas ir nesalīdzināmi augstāks gods par to, kas sagaida ļaudis Paradīzē.

Brīnišķīgi izgreznotie personīgie mājokļi

Mājokļi, kas sagatavoti ticīgajiem Pirmajā Debesu Valstībā, līdzīgi atsevišķiem dzīvokļiem uz zemes. Bet tie būvēti ne no zemes materiāliem cementa vai ķieģeļiem, bet no brīnumainiem debesu materiāliem, zelta un dārgakmeņiem.

Šajās mājās kāpņu vietā būs speciāli lifti, kuros nevajag spiest pogas, tāpēc ka lifts pats automātiski nogādās jūs tur, kur jūs gribat.

Tie, kas bijuši Debesīs liecina par to, ka viņi redzējuši dzīvokļus. Tāpēc ka viņi bijuši Pirmajā Valstībā. Šie mājokļi absolūti ir apgādāti ar visu, kas dzīvei vajadzīgs, lai neizjustu nekādas neērtības.

Priekš mūziķiem sagatavoti mūzikas instrumenti, tiem, kas aizraujas ar lasīšanu – grāmatas. Katram būs personīga ērta telpa, kur viņš varēs atpūsties.

Viss Pirmajā Debesu Valstībā radīts pēc tā īpašnieka gaumes. Šī vieta ievērojami skaistāka par Paradīzi, tur valdošais prieks un komforts pārsniedz jebkuru zemes pieredzi.

Sabiedriskie dārzi, ezeri, baseini

Pirmajā Debesu Valstībā dārzi, parki, ezeri, baseini un sporta laukumi golfa spēlēm atrodas sabiedriskā lietošanā, – kā uz zemes, kur ļaudis, dzīvojošie daudzdzīvokļu mājās lieto kopīgus pagalmus, parkus, tenisa laukumus un baseinus.

Sabiedriskās lietošanas vietās nekas nesalūst. Eņģeļi pastāvīgi seko to stāvoklim un palīdz ļaudīm pareizi tos izmatot, lai visiem būtu ērti.

Paradīzē nav personīgo eņģeļu – kalpu, bet Pirmajā Debesu Valstībā eņģeļi palīdz ļaudīm. Prieks un laime šeit ir pavisam citas kvalitātes.

Piemēram, jūs sēžat uz soliņa pie dzīvības upes un vadāt patīkamu sarunu ar sev tuviem cilvēkiem. Šajā momentā jums sagribas augļus – eņģeļi nekavējoties pakalpīgi izpilda jūsu vēlēšanos. Pateicoties tam, ka eņģeļi kalpo Dieva bērniem, laime un prieks šeit atšķiras no tā, kas ir Paradīzē.

Pirmā Valstība pārspēj Paradīzi

Pat puķu krāsa un aromāts, dzīvnieku vilnas spīdums un skaistums šeit atšķiras no tā, kas ir Paradīzē. Tas tāpēc, ka Dievs sagatavojis visu atbilstoši ļaužu ticības līmenim, kas nokļūs tajā vai citā Debesu vietā.

Uz zemes ļaudīm ir dažādi skaistuma standarti. Speciālisti par puķēm, novērtē vienu puķi pēc daudziem kritērijiem. Debesīs atkarībā no vietas, puķu aromāts atšķiras. Pat vienā vietā katram ziedam būs savs unikāls aromāts.

Dievs sagatavojis tādus ziedus, lai ļaudis Pirmajā Debesu Valstībā sajustos vislabāk, kad ieelpos to aromātu. Protams, augļu un augu garša arī katrā vietā atšķiras.

Kā jūs gatavojaties satikt svarīgus viesus? Jūs cenšaties izdarīt pa prātam ciemiņiem, sagatavot visu pēc viņa gaumes, lai viņam būtu patīkami.

Dievs tāpat sagatavojas satikt savus bērnus, vēloties viņiem sagādāt prieku.

2. Kas nokļūs Pirmajā Debesu Valstībā?

Paradīze – tā ir vieta Debesīs tiem, kas atrodas uz pirmā ticības līmeņa, kas ticībā Jēzum Kristum ieguvuši glābšanu, bet neko nav darījuši priekš Dieva Valstības. Kas nokļūs Pirmajā Valstībā un pavadīs tur laimīgu mūžību.

Ļaudis, kas centušies pildīt Dieva Vārdu

Pirmā Debesu Valstība paredzēta tiem, kas pieņēmuši Jēzu Kristu un centušies pildīt Dieva Vārdu. Jaunatgrieztie ticīgie sāk apmeklēt baznīcu svētdienās un klausīties Dieva Vārdu. Viņi vēl nesaprot, kas ir grēks, kāpēc jālūdzas, kāpēc nepieciešams attālināties no grēcīgas dzīves. Tie, kas atrodas uz pirmā ticības līmeņa, piedzīvojuši prieku piedzimstot no augšienes, saņemot Svēto Garu, bet vēl nav līdz galam apzinājušies visus savus grēkus. Sasniedzot otro ticības līmeni, jūs Svētajā Garā sākat redzēt savus grēkus un taisnību. Jūs cenšaties pildīt dzīvē Dieva Vārdu, bet tas jums izdodas ne uzreiz. Bērns mācās staigāt, bet krīt, ceļas un atkal iet.

Pirmā Debesu Valstība ir ļaudīm, kuri cenšas dzīvot pēc Vārda. Viņiem būs doti nevīstoši vainagi. Sportistiemjāievēro spēles noteikumi (2. Tim, 2:5-6), Dieva bērniemjāpievienojas labajai ticības cīņai patiesībā. Ja jūs ignorējat garīgās valstības noteikumus, tas ir Dieva likumus, tad jūs līdzināties sportistam,kas pārkāpj spēles noteikumus. Tātad, jūsu ticība ir nedzīva. Jūs neuzskatīs par dalībnieku un jūs nesaņemsiet vainagu.

Visi nokļuvušie Pirmajā Debesu Valstībā, saņem vainagus, jo viņi centušies dzīvot pēc Dieva Vārda, kaut arī nav veikuši pietiekami darbu. Šī izglābšanās vēl joprojām skaitās «apkaunojoša.» Viņi nav pilnībā pildījuši Dieva Vārdu, bet viņiem bija ticība, lai nokļūtu Pirmajā Debesu Valstībā.

Apkaunojošā glābšana tiem, kuru darbi sadegs

Atļaujieties izskaidrot, ko es domāju ar terminu «apkaunojoša glābšanās.» Pirmajā vēstulē Korintiešiem 3:12-15 mēs lasām:

«Bet, ja kas ceļ uz šā pamata zeltu, sudrabu, dārgakmeņus, koku, sienu vai salmus, katra darbs tiks redzams: tiesas diena to atklās, jo tā parādīsies ar uguni, un kāds kura darbs ir, to uguns pārbaudīs. Ja kāda darbs, ko tas cēlis, pastāvēs, tas dabūs algu; Ja kāda darbs sadegs, tam būs jācieš, bet viņš pats tiks izglābts, bet tā kā caur uguni.»

Pamats ir Jēzus Kristus. Lai ko arī jūs uz šī pamata būvējat, jūsu darbs būs redzams pēc ugunīgiem pārbaudījumiem.

To darbi, kuru ticība līdzinās zeltam, sudrabam vai dārgakmeņiem izturēs ugunīgos pārbaudījumus, tāpēc ka viņi pildīja Dieva Vārdu. Bet to darbi, kuru ticība bija kā koks, siens vai salmi sadegs, tādēļ ka viņi nespēja rīkoties pēc Vārda.

Zelts atbilst piektajam visaugstākajam ticības līmenim, sudrabs – ceturtajam, dārgakmeņi – trešajam, koks – otrajam, siens – pirmajam, pašam zemākajam ticības līmenim. Kokam un sienam ir dzīvība, tas ir tāda ticība ir dzīva. Salmi turpretim ir sausi un tiem sevī nav dzīvības, un tie simbolizē tos, kam nav ticības vispār.

Tie, kam vispār nav ticības nesaņem arī glābšanu. Koks un siens sadegs ugunīgos pārbaudījumos, ļaudis ar tādu ticību iegūs apkaunojošu glābšanos. Dievs atzīst zelta, sudraba un dārgakmeņu ticību, bet koka un siena neatzīst.

Ticība bez darbiem ir nedzīva

Daži no jums domā: «Es jau sen esmu kristietis, es esmu izgājis pirmo ticības līmeni, sliktākā gadījumā ieiešu Pirmajā Debesu Valstībā.» Ja jums ir patiesa ticība, tad acīmredzot jūs pildāt Dieva Vārdu. Ja jūs pārkāpjat baušļus un neatzīstat savus grēkus, var izrādīties, ka jūs nenokļūsiet ne Pirmajā Valstībā, ne Paradīzē. Jēkaba vēstulē 2:14 uzdots tāds jautājums: *«Ko tas palīdz, mani brāļi, ja kāds teic, tam esot ticība, bet tam nav darbi. Vai ticība viņu var izglābt?»* Bez darbiem jūs neiegūsiet glābšanu. Ticība bez darbiem ir nedzīva. Tie, kas necīnās ar grēku, neiegūst glābšanu, jo viņi izturas kā cilvēks, kas saņēmies naudas gabalu un paslēpis to lakatā (Lūkas 19:20-26).

«Naudas gabals» šeit simbolizē Svēto Garu. Dievs par velti dod Svēto Garu tiem, kas atver savas sirdis un pieņem Jēzu Kristu par savu Glābēju. Svētais Gars ļauj mums apzināt mūsos mītošo grēku, ieraudzīt taisnību un sodu. Viņš ļauj saņemt glābšanu un uziet Debesīs.

Bet, ja jūs sludināt ticību Dievam, bet neapgraizāt sirdi un turpināt sekot grēcīgām vēlmēm, tad Svētais Gars pamet jūs. Atmetiet grēkus, pildiet Dieva Vārdu ar Svētā Gara palīdzību, un jūsu sirds sāks līdzināties Jēzus Kristus sirdij, tā kļūs patiesa.

Dieva bērniem, saņēmušiem Svēto Garu, vajag kļūt svētiem un nest Svētā Gara augļus, lai sasniegtu pilnīgu glābšanu.

Ārēji ticīgie, bet garīgi neapgraizītie

Reiz Dievs parādīja man vienu draudzes locekli, kurš nokļuva Pirmajā Debesu Valstībā. Es uzzināju, cik svarīgi, lai ticību pavadītu darbi. Astoņpadsmit gadus brālis uzticīgi kalpoja mūsu draudzes finansu nodaļā. Viņš uzticīgi pildīja arī citus darbus baznīcā, par ko viņu iecēla par vecajo. Viņš pūlējās nest augļus

Pirmā Debesu Valstība

visā, ko viņš darīja, lai pagodinātu Dievu. Viņš bieži sev jautāja: «Kā vēl es varu pakalpot Dieva Valstībai?» Tomēr viņam nebija īpašu sekmju, tāpēc ka viņš reizēm apkaunoja Dievu, izvēloties nepavisam godīgu ceļu, sekojot savām miesīgām vēlmēm, bieži domājot vispirms par savu personīgo labumu.

Viņš izteica asas piezīmes, dusmojās uz ļaudīm un daudzos jautājumos izrādīja nepaklausību Dieva Vārdam. Citiem vārdiem, tā ka braļa uzticība bija tikai ārēja, tā kā viņš nebija apgraizījis savu sirdi, viņš turpināja palikt otrajā ticības līmenī.

Pat vairāk, ja darbos iestājās kritiska situācija, viņam sākās konflikti ar ļaudīm, viņš gāja uz kompromisiem ar negodīgumu.

Dievs paņēma viņu pašā labākajā laikā, jo Viņš redzēja, ka viņa ticība atdziest, un viņš var zaudēt pat Paradīzi. Dievs dāvāja man iespēju sadzirdēt viņa nožēlu Debesīs tajā, ka viņš sāpināja kalpotāju jūtas, ka nestaigāja patiesībā,grūda citus uz negodīgu rīcību, aizvainoja ļaudisun uzvedās nepareizi, pat zinot Dieva Vārdu.

Viņš teica, ka vienmēr atradies zem savu kļūdu spiediena, kuras viņš nenožēloja atrodoties uz zemes. Viņš tāpat teica, ka ir pateicīgs, ka viņam dāvāta ne Paradīze, bet Pirmā Valstība.

Viņam, protams, bija kauns par to, ka viņš, vecajs, nokļuvis tikai šajā vietā. Jums jāsaprot, ka pats galvenais, tas ir būt ar apgraizītu, svētu sirdi, bet ne āriga dievbijība un tituli.

Dievs vada Savus bērnus uz labākām Debesīm caur pārbaudījumiem

Sportistam, lai uzvarētu sacensībās nepieciešami ilgi un

nogurdinoši treniņi. Ticīgajam jāmācās pārvarēt likstas un pārbaudījumus, lai iegūtu labākās mājvietas Debesīs. Dievs pieļauj Savu bērnu dzīvēs pārbaudījumus, lai tādā veidā atvestu tos uz Debesīm. Pārbaudījumus es dalu trīs kategorijās.

Pirmkārt, mums tiek doti pārbaudījumi, lai mēs atstātu grēkus. Lai kļūtu par patiesu Dieva bērnu, mums jācīnās ar grēkiem līdz pat asiņu izliešanai. Reizēm Dieva soda Savus bērnus, tāpēc ka viņi neatstāj grēkus un turpina grēcīgo dzīvi (Vēst. Ebrejiem 12:6). Vecākiem pienākas disciplinēt bērnus, lai viņi uzvestos labi. Dievs reizēm pieļauj pārbaudījumus mūsu dzīvē, lai Viņa bērni pilnveidotos.

Otrkārt, ir pārbaudījumi, lai izveidotu no mums pareizu trauku un dotu mums svētības. Vēl būdams zēns, Dāvids glāba no lauvas vai lāča savu ganāmpulku. Viņa ticība bija tik dziļa, ka viņš uzvarēja Goliātu, no kura baidījās visa izraēliešu armija, ar lingas mestu akmeni. Kāpēc pārbaudījumi turpinājās viņa dzīvē? Kāpēc viņam vajadzēja pastāvīgi bēgt no ķēniņa Saula? Tāpēc, ka Dievs pieļāva šos pārbaudījumus. Viņš gribēja izaudzināt no Dāvida īstu ķēniņu ar lielu sirdi.

Treškārt, ir pārbaudījumi caur kuriem Dievs vēlas darīt galu cilvēka bezdarbībai. Ļaudīm raksturīgi izvairīties no Dieva, kamēr viņiem dzīvē viss ir labi un mierīgi. Piemēram, daži uzticīgie Dieva Valstībai ļaudis pastāvīgi saņem finansiālas svētības. Viņi pārstāj lūgties, un viņu entuziasms un degsme pret Dievu atdziest. Ja Dievs atstās tos mierā, viņi var atkrist no glābšanas. Viņš pieļauj pārbaudījumus viņu dzīvē, lai viņi pamostos.

Jums jāatstāj savi grēki, jārīkojas taisni, jākļūst cienīgiem traukiem Dieva acīs, saprotot Dieva sirdi, kas pieļauj mūsu ticības pārbaudījumus.

Es ceru, ka jūs pilnībā saņemsiet brīnumainas svētības, kas ir Dieva sagatavotas priekš jums. Kāds teiks, ka grib mainīties, bet tas nav viegli. Tomēr viņš runā ne tādēļ, ka tas tiešām ir grūti, bet tāpēc, ka viņam nepietiek gribas un degsmes izmainīt savu sirdi.

Ja jūs saprotat Dieva Vārdu garīgi un cenšaties iekšēji mainīties, jūs ātri izmainīsieties, jo Dievs dos jums svētību un spēku priekš tā. Jums noteikti palīdzēs Svētais Gars. Taču, ja Dieva Vārds jums ir tikai teorētiskas zināšanas, ja jūs dzīvē nepildāt dzīvības Vārdu, tad jūs visdrīzāk kļūsiet par augstprātīgu un lepnu cilvēku, kuram būs ļoti grūti iegūt glābšanu.

Es lūdzos Kunga vārdā, lai jūs nepazaudētu pirmās mīlestības degsmi un prieku. Lūdzos, lai jūs pildītu Svētā Gara vēlmes un iegūtu pašu labāko mājokli Debesīs.

8. Nodaļa.

Otrā Debesu Valstība

1. Brīnišķīga personīgā māja katram
2. Kas nokļūs Otrajā Debesu Valstībā?

«Ganiet Dieva ganāmo pulku,
kas ir jūsu vadībā, ne piespiesti,
bet labprātīgi, kā Dievs to grib,
ne arī negodīgas peļņas dēļ, bet no sirds,
ne kā tādi, kas grib valdīt
pār viņiem piešķirto daļu,
bet būdami par priekšzīmi ganāmam pulkam.
Tad, kad Augstais Gans parādīsies,
jūs saņemsiet nevīstošo godības vainagu.»

- Pirmā Pētera vēstule 5:2-4 -

Lai arī, cik jūs nedzirdētu par Debesīm, labuma jums no tā nebūs, kamēr jūs to nesapratīsiet ar savu sirdi un nenoticēsiet patiesi. Kā putns knābā iesēto ceļmalā sēklu, tā ienaidnieks sātans un velns nolaupa jums Vārdu par Debesīm (Mat. 13:19).

Tas, kas klausās un pieņem Vārdu par Debesīm, var dzīvot ticībā un cerībā un nest augļus trīsdesmit, sešdesmit un simtkārt vairāk par iesēto. Tas, kas pilda Dieva Vārdu, ne tikai izpilda savu pienākumu Dieva priekšā, bet tāpat arī kļūst darīts svēts un uzticīgs visam Dieva namam. Kas nokļūs Otrajā Debesu Valstībā?

1. Brīnišķīga personīgā māja katram

Es jau izskaidroju, ka Paradīzē un Pirmajā Debesu Valstībā nokļūs tie, kas saņem apkaunojošu izglābšanos, tāpēc ka viņu darbi neizturēs ugunīgos pārbaudījumus. To ticību, kas nokļūs Otrajā Debesu Valstībā, nesatricinās ugunīgie pārbaudījumi.

Pēc Dieva taisnības, viņi saņems balvas, attiecīgi arī to ko sējuši. Nokļuvušie Pirmajā Debesu Valstībā būs laimīgi līdzīgi zelta zivtiņai akvārijā, bet cilvēku stāvokli Otrajā Debesu Valstībā, var salīdzināt ar to ko izjūt valis, kuram nodots plašais Klusais okeāns.

Tagad paskatīsimies uz mājām un uz to, kā dzīvos ļaudis Otrajā Debesu Valstībā.

Vienstāvu personīgā māja

Mājokļi Pirmajā Debesu Valstībā atgādina dzīvokļus. Otrajā Debesu Valstībā ļaudis sagaida atsevišķas vienstāvu mājiņas. Pat pati skaistākā šīs zemes māja vai kotedža nevar skaistumā līdzināties ar šīm mājām. Tās grezni izrotātas, slīgst puķēs un zaļumos.

Nokļūstot Otrajā Valstībā jūs saņemsiet ne tikai personīgo mājiņu, jums būs dota viena lieta. Ja jums gribas baseinu, jūs saņemsiet izgreznotu ar zeltu un dārgakmeņiem baseinu. Ja jums sagribēsies savu ezeru, jums būs dots ezers, sagribēsies personīgo balles zāli – tā jums būs. Ja jūs mīlat pastaigāties kājām, jums būs dots lielisks ceļš, kura malās aug puķes, koki, spēlējas dzīvnieki.

Taču jūs varēsiet izvēlēties tikai vienu lietu. Otrajā Valstībā ļaudīm pieder personīgās lietas, tāpēc viņi var staigāt cits pie cita ciemos un dalīties ar to, kas viņiem ir.

Ja balles zāles saimnieks sagribēs izpeldēties baseinā, kura viņam nav, viņš var aiziet pie sava kaimiņa un baudīt tās lietas, kuras ir viņam.

Otrā valstība labāka par Pirmo visos aspektos. Lai arī, protams, tā nevar līdzināties Jaunajai Jeruzalemei. Šeit nav eņģeļu, kas kalpotu katram personīgi. Materiālu izmērs, skaistums no kuriem uzbūvētas mājas, to sakārtotība arī atšķiras.

Plāksnīte uz durvīm

Pie katras mājiņas durvīm Otrajā Valstībā būs plāksnīte. Uz tās būs uzrakstīts tur dzīvojošā cilvēka vārds, draudzes nosaukums, kurā viņš ir kalpojis. Plāksnīte atspīd brīnišķīgā zaigojumā, uz tās virsmas mirgo skaisti debesu burti, kas pēc izskata atgādina arābu vai senebreju burtus, ar kuriem uzrakstīts vārds. Otrās Valstības iedzīvotāji varēs pateikt, skatoties uz plāksnīti, kam šī māja pieder, un kādā baznīcā kalpojis tajā dzīvojošais cilvēks.

Kāpēc noteikti jāuzrāda baznīcas nosaukums? To dara Dievs, lai pagodinātu tos draudzes locekļus, kuri uzbūvēja Vareno Templi, lai satiktos ar Kungu Viņa otrajā atnākšanā.

Mājām Trešajā Valstībā un Jaunajā Jeruzalemē nav durvju plāksnīšu. Tās nav vajadzīgas, jo ļaužu tur nav tik daudz. Īpašais katra mājokļa aromāts nekļūdīgi pateiks jums, kas tajā dzīvo.

Nožēla par to, ka cilvēks nav kļuvis svēts līdz galam

Daži domā: «Bet tas taču ir neērti. Mājas Paradīzē kopējas. Otrajā Valstībā ļaudis ierobežoti tikai ar vienu lietu.» Debesīs nebūs neērtību un trūkuma. Ļaudis nejutīs neērtību no tā, ka dzīvo kopā. Viņi neskoposies un viegli dalīsies ar to, kas tiem ir. Viņi būs pateicīgi, tāpēc ka iespēja dalīties ar citiem būs viņiem laimes avots.

Viņiem nebūs skaudības pret citu lietām, nebūs nožēlas, ka viņiem ir tikai viena lieta. Tieši pretēji, viņi vienmēr sajutīs milzīgu pateicību pret Dievu Tēvu par to, ka Viņš devis tiem daudz vairāk par to, ko viņi pelnījuši. Viņi būs apmierināti, to prieks nemainīsies.

Viņi jutīs nožēlu tikai par vienu, par to, ka nepietiekoši centušies kļūt svēti. Viņiem būs kauns Dieva priekšā, tāpēc ka viņi pilnībā neizmeta ļaunumu no savas sirds. Viņi neapskaudīs tos, kas izpelnījušies nokļūt Trešajā Valstībā vai Jaunajā Jeruzalemē. Viņi nožēlos, ka nav pilnībā kļuvuši svēti.

Dievs savā taisnīgumā pieļauj jums pļaut to, ko jūs esat sējuši. Viņš apbalvos jūs pēc jūsu darbiem. Viņš dos mājokļus un balvas Debesīs tiem, kas kļuvuši svēti uz zemes. Viņš bagātīgi apbalvos jūs pēc tās pakāpes, kādā jūs pildāt Dieva Vārdu. Lai arī ko jūs nevēlētos Debesīs, Viņš dos to jums simts procentīgi. Viņš dod pat vairāk par to, ko jūs esat veikuši uz zemes, devis jums mūžīgo dzīvi, laimi un prieku.

Slavas vainags

Bagātīgi apbalvojošais Dievs dod nevīstošo vainagu tiem, kas iegājuši Pirmajā Debesu Valstībā. Kādu vainagu viņš dos Otrajā Valstībā dzīvojošajiem?

Viņi nav kļuvuši svēti līdz galam, bet izpildīja savu pienākumu, tāpēc Dievs dos tiem slavas vainagu. Izlasiet Pirmo Pētera vēstuli 5:2-4, un jūs sapratīsiet, ka slavas vainags tiek dots tiem, kas parādījuši uzticīgas Vārdam dzīves piemēru.

«Ganiet Dieva ganāmo pulku, kas ir jūsu vadībā, ne piespiesti, bet labprātīgi, kā Dievs to grib, nedz arī negodīgas peļņas dēļ, bet no sirds, ne kā tādi, kas grib valdīt pār viņiem piešķirto daļu, bet būdami par priekšzīmi ganāmam pulkam. Tad, kad Augstais Gans parādīsies, jūs saņemsiet nevīstošo godības vainagu.»

Rakstīts «Nevīstošo godības vainagu,» tāpēc ka Debesīs viss ir pilnīgs, un pat vainagi ir mūžīgi un nenovīst.

2. Kas nokļūs Otrajā Debesu Valstībā?

Apkārt Seulai, Korejas Republikas galvaspilsētai, izvietotas pilsētas – satelīti, bet apkārt šīm pilsētām plešas nelieli ciemi. Apkārt Trešajai Valstībai, kurā atrodas Jaunā Jeruzaleme, atrodas Otrā Valstība, Pirmā Valstība un Paradīze.

Pirmā Valstība – vieta ļaudīm ar otro ticības līmeni, kuri centušies dzīvot pēc Vārda. Ļaudis, kas atrodas uz trešā ticības līmeņa, kuri jau spēj dzīvot pēc Vārda, nokļūs Otrajā Valstībā.

Otrā Valstība:
Vieta ļaudīm, kuri nav kļuvuši svēti līdz galam

Ja jūs dzīvojat pēc Dieva Vārda, izpildāt savu pienākumu, bet jūsu sirds vēl nav līdz galam kļuvusi svēta, jūs nokļūsiet Otrajā Valstībā.

Ja jūs esat skaisti un gudri, tad jums noteikti gribēsies, lai jūsu bērni būtu līdzīgi jums. Svētais un pilnīgais Dievs arī vēlas, lai viņa bērni kļūtu līdzīgi Viņam. Viņš vēlas, lai Viņa bērni pildītu Viņa baušļus aiz mīlestības pret Viņu, bet ne aiz pienākuma jūtām pret Viņu. Jo priekš mīļotā cilvēka jūs izdarīsiet visu, pat pašu grūtāko. Ja jūs patiesi mīlat Dievu no visas sirds, jūs varēsiet ar prieku pildīt jebkurus Viņa likumus.

Ar prieku un pateicību jūs bez ierunām klausīsiet Viņu. Jūs pildīsiet to, ko Viņš prasa un pārtrauksiet darīt to, ko Viņš uzskata par grēku. Tomēr tie, kas atrodas uz trešā ticības līmeņa vēl nevar vienmēr rīkoties pēc Dieva Vārda ar prieku un pateicību, tāpēc ka nav sasnieguši tāda līmeņa ticību.

Bībelē runāts par miesas darbiem (Gal. 5:19-21) un miesas vēlmēm (Rom. 8:5). Kad jūs rīkojaties vadoties pēc savas sirds ļaunuma, jūs parādāt miesas darbus. Grēks, dzīvojošais jūsu sirdī, kurš ārēji nav redzams, saucas par miesas vēlmēm.

Tie, kas atrodas uz trešā ticības līmeņa jau atmetuši grēkus, kas izpaužas ārēji, bet viņu sirdīs vēl palikušas miesas vēlmes. Viņi pilda baušļus, ir atstājuši grēcīgu uzvedību, nedara neko no tā, ko aizliedzis Dievs. Tomēr ļaunums vēl sakņojas viņu sirdī.

Jūs izpildāt savu pienākumu, bet jūsu sirds vēl nav darīta svēta līdz galam, tas nozīmē, ka jūs ieiesiet Otrajās Debesīs. Būt svētam – tas ir sirds stāvoklis, kurā nav vietas ļaunumam.

Piemēram, pieņemsim, jūs kādu neieredzat. Jūs uzzinājāt, ka Dieva Vārds saka: «Lai jūsos nebūtu ienaida», un tagad mēģināt atbrīvoties no šīm jūtām. Taču, ja jūs nevarēsiet patiesi iemīlēt šo cilvēku no visas sirds, jūs vēl aizvien neesat kļuvuši svēti.

Izaugt līdz ceturtajam ticības līmenim var tikai, ja cīnāties ar grēku, līdz asiņu izliešanai.

Izpildīt pienākumu ar Dieva svētību

Otrā Valstība – vieta tiem, kas nav sasniegusi pilnīgu svētumu, bet izpildījuši Dieva dotos pienākumus. Minēšu kā piemēru māsu, kas kalpoja baznīcā «Manmin Džung – ang» un pēc nāves nokļuva Otrajā Valstībā.

Kopā ar vīru viņa atnāca uz baznīcu gadā, kad to dibināja. Viņa cieta no smagas slimības, bet pēc manas lūgšanas izveseļojās. Visi viņas ģimenes locekļi kļuva ticīgi un pieauga ticībā. Viņa kļuva par vecāko diakoni, vīru nozīmēja par vecajo. Kad bērni pieauga, viņi arī sāka kalpot Kungam. Tomēr šī māsa nevarēja

Otrā Debesu Valstība

uzvarēt sevī visus grēkus un pienācīgi izpildīt savu kalpošanu.
Pēc Dieva labvēlības viņa nožēloja grēkus, izpildīja savus pienākumus un nomira. Dievs ļāva mums uzzināt, ka viņa devusies uz Otro Debesu Valstību un pieļāva man garā sastapties ar viņu.

Debesīs viņa vairāk par visu nožēloja to, ka nav mācējusi atbrīvoties no visiem saviem grēkiem un kļūt pilnībā svēta. Viņa tāpat nožēloja to, ka nav pateikusies savam mācītājam, kurš lūdzās par viņas dziedināšanu, ka pēc viņas ticības, kalpošanas Kungam un tā, ko viņa ar savu muti runāja, viņa varēja nokļūt tikai Pirmajā Valstībā.

Taču, kad laika uz zemes viņai jau gandrīz nebija atlicis, pateicoties viņas mācītāja lūgšanai un viņas darbiem, kas patika Dievam, viņas ticība ātri nobrieda un viņa varēja ieiet Otrajā Valstībā. Tiešām, viņas ticība pirms nāves ļoti nostiprinājās.

Viņa izdalīja tūkstošiem baznīcas biļetenus saviem kaimiņiem.
Viņa beidza pievērst sev uzmanību un uzticīgi kalpoja Kungam.
Viņa izstāstīja man par savu māju Debesīs. Lai arī tā vienstāvu māja, tā ir skaista, rotāta puķēm un ļoti liela. Protams salīdzinot ar mājokļiem Trešajā Valstībā un Jaunajā Jeruzalemē, tas ir kā mājiņa, pārklāta salmiem.

Bet viņa ir ļoti pateicīga Dievam, jo bija pārliecināta, ka to nav pelnījusi. Viņa gribēja nodot savai ģimenei, lai viņi cenšas iegūt mājokļus Jaunajā Jeruzalemē.

«**Debesis ir sadalītas ļoti rūpīgi. Katras vietas gods un gaisma atšķiras. Es lūdzu savus tuviniekus tiekties uz Jauno Jeruzalemi. Es gribētu pateikt savai ģimenei, ka, ja viņi neatstās visus savus grēkus, tiem būs liels** kauns satikties ar Dievu Tēvu Debesīs. Balvas, kuras Dievs dod tiem, kas ir Jaunās Jeruzalemes cienīgi, ir lielas, mājokļi grandiozi. Bet svarīgāk par visu, tas ir uzvarēt sevī visāda veida ļaunumu, lai nebūtu kauns satikties ar Dievu. Es gribu nodot šo vēstījumu savai ģimenei, lai viņi attīrītu sevi no ļaunuma un ieietu slavenajā Jaunajā Jeruzalemē.»

Es lūdzu jūs, apzinieties, cik vērtīga ir sirds šķīstīšana. Cik svarīgi veltīt katru savas dzīves dienu Dieva Valstībai un taisnībai, esot ar cerību uz Debesīm. Cik svarīgi tiekties ar varu ieņemt Jauno Jeruzalemi.

Uzticība un nepaklausība, kā sekas nepareizai taisnības saprašanai.

Atļaujiet minēt, kā piemēru, vēl vienu gadījumu no mūsu draudzes. Šī māsa mīlēja Kungu un uzticīgi pildīja savus pienākumus. Bet viņa nevarēja ieiet Trešajā Valstībā dažu ticības principu neizpratnes dēļ.

Viņa parādījās baznīcā sava vīra dēļ, kuru atnesa uz nestuvēm. Pēc lūgšanas sāpes atstāja viņu, viņš piecēlās un sāka staigāt. Varat iedomāties, cik viņa bija pateicīga un laimīga. Viņa nepārstāja slavēt Dievu, kas dziedināja viņas vīru un pateicās mācītājam, kas palūdzās par viņu ar mīlestību. Viņa kļuva uzticīga draudzes locekle, kas vienmēr lūdzās par Dieva Valstību.

Viņa lūdzās par mācītāju vienmēr, pat gatavojot ēdienu virtuvē. Viņa ļoti iemīlēja brāļus un māsas, tāpēc mierināja tos, uzmundrināja un rūpējās par ticīgajiem. Viņai gribējās vienmēr pildīt Dieva Vārdu, viņa centās atvairīt savus grēkus līdz pat asins izliešanai. Viņa nekad neapskauda pasaules bagātākos, un sevi visu viņa veltīja evaņģelizējot saviem tuvākajiem.

Redzot viņas uzticību Dieva Valstībai es sajutu Svētā Gara pieskārienu un palūdzu viņu izpildīt pienākumus draudzes kalpošanā. Es ticēju, ja viņa izpildīs šo pienākumu, visa viņas ģimene, ieskaitot vīru, saņems garīgo ticību. Taču viņa atsaucoties uz apstākļiem atteicās no kalpošanas.

Citiem vārdiem miesīgie apsvērumi neļāva viņai to darīt. Drīzumā viņa nomira. Mana sirds bija satriekta. Lūgšanas laikā Dieva ļāva man sadzirdēt viņas atzīšanos:

«Pat, ja es nožēlotu nepaklausību mācītājam, laiku nevar pagriezt atpakaļ. Es aizvien vairāk lūdzos par Dieva Valstību un savu mācītāju. Vēlos nodot brāļiem un māsām, ka mācītājs pasludina Dieva gribu. Kopā ar Dieva gribas nepiepildīšanu, dusmas arī ir nopietns grēks. Šo grēku dēļ ļaudis saduras ar grūtībām. Man teica nedusmoties, sirdī samierināties un censties paklausīt patiesi. Tuvojas diena, kad es satikšos ar dārgajiem brāļiem un māsām. Es ceru, ka mani brāļi un māsas attīrās un ar prieku gaida šo dienu.»

Viņa daudz stāstīja man un tāpat pateica, ka iemesls, kura dēļ viņa nevarēja ieiet Trešajā Valstībā, ir viņas nepaklausība:

«Es daudz ko nepildīju. Es reizēm nepiekritu tam, ko dzirdēju svētrunās. Es nepildīju savus pienākumus, kā vajadzētu. Pēc saviem miesīgiem apsvērumiem es pieņēmu lēmumu atteikties no kalpošanas līdz tam laikam, kad apstākļi man atļaus kalpot. Tā bija liela kļūda Dieva priekšā.»

Viņa atzinās, ka apskauda par balvām citus kalpotājus, ko tie saņems Debesīs un īpaši tos, kas nodarbojās ar baznīcas finansēm. Taču Debesīs viņa uzzināja, ka ne vienmēr tā ir:

«Tikai pildījušie Dieva prātu saņems lielus apbalvojumus un svētības. Ja vadītājs pielaiž kļūdas, tā grēks daudz lielāks, nekā vienkārša draudzes locekļa kļūda. Tāpēc Raksti saka, lai ne visi tiektos būt mācītāji. Svētības saņems tie, kas patiesi centušies izpildīt visu, ko viņam vajadzēja darīt savā vietā. Pienāks Dieva bērnu satikšanās vieta mūžīgajā valstībā. Lai katrs cenšas atvairīt miesas darbus, kļūt taisnots un labi sagatavots kā Kunga līgava, lai nebūtu kauns stāties Dieva priekšā.»

Jums jāsaprot, ka paklausīt nevajag aiz pienākuma jūtām, bet aiz mīlestības pret Dievu. Tā arī būs jūsu sirds svētdarīšana. Jums vajadzīgs nevis vienkārši iet uz baznīcu, bet uzmanīgi izmeklēt savu sirdi, lai saprastu, kādā Debesu Valstībā jūs nokļūsiet, ja Tēvs paņems jūsu dvēseli šodien.

Censties būt uzticīgi visā, dzīvojiet pēc Dieva Vārda, un redzot jūsu pilnīgo svētumu Dievs ļaus jums ieiet Jaunajā Jeruzalemē.

Pirmā vēstulē Korintiešiem 15:41 saka jums, ka katra cilvēka gods Debesīs atšķiras: *«Citāds spožums ir saulei un citāds mēnesim un citāds zvaigznēm, jo viena zvaigne ir spožāka par otru.»* Visiem izglābtajiem ir mūžīga dzīve Debesīs. Bet kāds paliek Paradīzē, un kāds ir Jaunās Jeruzalemes cienīgs, visi saņems pēc savas ticības mēra. Izglābto slava būs tik atšķirīga, ka to nav iespējams izteikt.

Es lūdzos Kunga Vārdā, lai jūs neapmierinātos ar sasniegto ticības mēru. Esiet kā zemkopis no Jēzus līdzības, kurš pārdeva visu savu īpašumu, lai nopirktu tīrumu un izraktu apslēpto mantu. Dzīvojiet pēc Dieva Vārda, izmetiet visāda veida ļaunumu no savas sirds, ieejiet Jaunajā Jeruzalemē un paliekat godā, mirdzošā kā saule.

9. Nodaļa.

Trešā Debesu Valstība

1. Eņģeļi kalpo katram Dieva bērnam
2. Kas nokļūs Trešajā Debesu Valstībā?

«Svētīgs tas vīrs,
kas pastāv kārdinājumā,
jo norūdījumu sasniedzis,
tas saņems dzīvības vainagu,
ko Viņš ir apsolījis tiem,
kas viņu mīl.»
- Jēkaba vēstule 1:12 -

Dievs ir Gars, Viņš – labums, gaisma un mīlestība, tāpēc Viņš vēlas, lai viņa bērni atvairītu grēkus un ļaunumu. Jēzus, atnākot uz šo pasauli miesā, bija bez grēka, tāpēc ka Viņš – Dievs. Kādā pakāpē mums jāizmainās, lai kļūtu Tā Kunga līgava?

Lai kļūtu par īstu Dieva bērnu un Kunga Līgavu, jums vajadzīgs izmainīt savu sirdi, lai tā līdzinātos Svētajai Dieva sirdij un atstāt ļaunumu.

Trešā Debesu Valsts sagatavota priekš sirdsskaidriem Dieva bērniem, kuru sirdis kļuvušas līdzīgas Dieva sirdij. Šī vieta ļoti atšķiras no Otrās Valstības. Dievs neieredz ļaunumu un mīl labo. Viņš īpašā veidā izturas pret sirdsskaidrajiem bērniem. Kā izskatās Trešā Valstība? Kā vajag mīlēt Dievu, lai iegūtu šo Valstību?

1. Eņģeļi kalpo katram Dieva bērnam

Mājokļi Trešajā Valstībā daudz lielāki un skaistāki nekā vienstāvu mājas Otrajā Valstībā. Tās dekorētas ar dārgakmeņiem un apgādātas ar absolūti visām ērtībām, kādas tikai tajā dzīvojošais cilvēks var vēlēties.

Trešajā Valstībā katram izglābtajam ir viņam kalpojošs eņģelis. Eņģeļi dievina savus saimniekus un kalpo tiem ar mīlestību un uzmanību.

Personīgie eņģeļi

Vēstulē Ebrejiem 1:14 sacīts par eņģeļiem: «*Vai tie visi*

nav kalpotāji gari, izsūtīti kalpošanai to labā, kam jāmanto pestīšana.» Eņģeļi – garīgas būtnes. Pēc izskata viņi atgādina cilvēku, kā Dieva radības, bet tiem nav kaulu un miesas, viņi nedodas laulībā un nemirst. Viņiem nav personīgo īpašumu, kā cilvēkiem, bet zināšanās un spēkā pārspēj cilvēku (2. Pēt. Vēst. 2:11).

Vēstulē Ebrejiem 12:22 runāts par milzīgo eņģeļu skaitu, «neskaitāmi pulki» eņģeļu. Dievs sakārtojis eņģeļus pēc rangiem, devis tiem dažādus uzdevumus un atbilstošas uzdevumiem pilnvaras.

Ir eņģeļi, debesu karapulks un erceņģeļi. Piemēram, Gabriels, kā ierēdnis pilsoņu lietās, piegādā atbildes uz lūgšanām, paziņo Dieva plānus un atklāsmes (Dan. 9:21-23; Lūkas 1:19; 1:26-27). Erceņģeli Mihaelu var salīdzināt ar pulkvedi, kas ir debesu armijas pavēlnieks. Viņš vada karus ar ļaunajiem gariem (Dan. 10:13-14;10:21; Jūdas vēst 1:9; Atkl. 12:7-8).

Paradīzē, Pirmajā un Otrajā Valstībā eņģeļi reizēm palīdz Dieva bērniem, bet personīgo eņģeļu tur nav. Eņģeļi nodarbojas ar saimniecību – pļauj zāli, stāda puķes gar ceļiem, seko, lai visiem būtu ērti, piegādā vēstījumus no Dieva.

Dievs apbalvojis Trešās Valstības un Jaunās Jeruzalemes iedzīvotājus ar personīgajiem eņģeļiem. Jo vairāk cilvēks kļuvis līdzīgs Dievam, jo paklausīgāks viņš bijis, jo vairāk eņģeļu kalpo viņam Debesīs.

Ja cilvēkam ir liela izmēra māja Jaunajā Jeruzalemē, tad viņam kalpo neskaitāmi eņģeļi, tas nozīmē, ka tās mājas īpašnieks pievedis daudzas dvēseles pie glābšanas un sirdī kļuvis līdzīgs Dievam. Vieni eņģeļi rūpēsies par māju, par visām lietām, kuras dotas kā balva, citi personīgi kalpos savam saimniekam. Eņģeļu

Trešā Debesu Valstība

būs ļoti daudz.

Trešajā Valstībā būs eņģeļi, kas pilda personīgā kalpa pienākumus, būs eņģeļi, kas apkops māju, būs pat eņģeļi – šveicari, tādi, kas satiek un pavada jūsu viesus. Ja tikai jūs varēsiet ieiet Trešajā Valstībā, jūs būsiet bezgalīgi pateicīgi Dievam par to, ka Viņš atļāvis jums valdīt mūžībā daudzu pakalpīgu eņģeļu ielenkumā, kurus Viņš dāvinājis jums kā apbalvojumu.

Lieliska daudzstāvu personīga māja

Trešās Valstības mājās ir dārzi, kuros aug brīnišķīgas puķes un koki, izplatot maigu un patīkamu aromātu. Ezeros dzīvo daudz dažādu zivju. Ļaudis varēs sarunāties ar dzīvniekiem, putniem un zivīm. Eņģeļi spēlē brīnišķīgu mūziku, ļaudis tiem pievienojas un kopā dzied pielūgsmi Dievam Tēvam.

Otrās Valstības iedzīvotājiem atļauts personīgajā īpašumā būt tikai vienai iemīļotai lietai, bet Trešajā Valstībā jums varēs piederēt viss, ko jūs vēlēsieties: golfa laukums, baseins, ezers, pastaigu ceļš, balles zāle. Jums nevajadzēs iet pie kaimiņiem, ja jums gribēsies nopeldēties baseinā, jums būs viss un jūs varēsiet to lietot, cik vien vēlaties.

Trešajā Valstībā ēkas ir daudzstāvu, lieliskas, majestātiskas, milzīgas pēc izmēra. Tās dekorētas tā, ka neviens šīs zemes miljardieris nemācētu atveidot tādu skaistumu.

Uz Trešas Valstības mājokļu durvīm nav plāksnīšu. Visi jau tā zina, kas te dzīvo, pēc īpaša labā aromāta, kas nāk no tīrās un brīnišķīgāsšīs mājas saimnieka sirds, ko izplata pati māja.

Mājām ir dažādi aromāti un dažādas gaismas spožums. Jo vairāk cilvēks kļuvis līdzīgs Dievam, jo skaistāk un spožāk staro un smaržo viņa mājoklis. Ļaudis tur mājās mājas mīluļus – dzīvniekus un putnus.

Viņi ir daudz skaistāki un mīlīgāki par Pirmās un Otrās Valstības dzīvniekiem. Automobiļus no mākoņiem šeit lieto, kā sabiedrisko transportu, un visi, kas vēlas var ceļot pa bezgalīgajām debesīm.

Dzīve Trešajā Debesu Valstībā pārsniedz iztēli, ļaudis var darīt visu, ko iegribas.

Atklāsmes 2;10 aprakstīts slavas vainaga apsolījums tiem, kas uzticīgi Debesu Valstībai līdz nāvei:

«*Nebīsties par to, ka tev būs jācieš! Redzi, velns metis cietumā kādus no jums, lai jūs tiktu pārbaudīti. Jums būs bēdas desmit dienas. Esi uzticīgs līdz nāvei, tad es tev došu dzīvības vainagu.*»

Frāze «esi uzticīgs līdz nāvei» nozīmē ne tikai mocekļa uzticību, bet arī aicinājumu neiet uz kompromisu ar pasauli, kļūt svētiem un atmest grēkus, līdz pat asiņu izliešanai. Dievs apbalvo visus, kas ieiet Trešajā Valstībā ar dzīvības vainagu, jo viņi parādījuši uzticību līdz nāvei, pārvarējuši kārdināšanas un pārbaudījumus (Jēk. 1-12).

Kad Trešās Valstības iedzīvotāji apmeklē Jauno Jeruzalemi, viņi novieto apaļu zīmi labajā dzīvības vainaga pusē. Kad ļaudis no Paradīzes, Pirmās vai Otrās Valstības apmeklē Jauno Jeruzalemi, zīmi viņi novieto krūšu kreisajā pusē. Tā jūs varēsiet ieraudzīt, ka Trešajā Valstībā dzīvojošo slava ir citāda.

Jaunās Jeruzalemes iedzīvotāji atrodas īpašā Dieva aprūpē,

tāpēc viņiem nav vajadzīga zīme. Dievs apejas ar viņiem, kā ar īpašiem Dieva bērniem.

Mājas Jaunajā Jeruzalemē

Trešās Valstības mājas atšķiras pēc izmēriem, skaistuma un slavas, no Jaunās Jeruzalemes mājām.

Piemēram, ja pats mazākais nams Jaunajā Jeruzalemē – simts tūkstoš kvadrātmetru, tad Trešajā Valstībā –sešdesmit tūkstoš kvadrātmetru. Katras mājas izmēri pilnībā atkarīgi no tā, kā pūlējies viņa saimnieks glābjot dvēseles, kā piedalījies Dieva draudžu radīšanā.

Jēzus teica Mateja Evaņģēlijā 5:5: *«Svētīgi lēnprātīgie, jo viņi iemantos zemi.»* Cik dvēseļu cilvēks atvedis uz Debesīm ar savu lēnprātīgo sirdi, tāds būs viņa mūžīgā debesu nama lielums.

Trešajā Valstībā būs daudz namu ar izmēru desmitiem tūkstošus kvadrātmetriem, bet pat pats lielākais nams Trešajā Valstībā vienalga būs mazāks nekā Jaunajā Jeruzalemē. Bez izmēra, mājas atšķirsies arī pēc formas, apdares skaistuma, dekoram izmantoto dārgakmeņu skaita.

Jaunajā Jeruzalemē, bez divpadsmit dārgakmeņiem, kas likti kā pamatakmeņi, ir daudz citu, neiedomājami lielu un skaistu akmeņu, kuru nosaukums uz zemes nav zināms. Daži no tiem staro ar divkāršu un trīskāršu mirdzumu. Protams, Trešajā Valstībā arī daudz dārgakmeņu. Bet neskatoties uz to daudzveidību, tie nevar līdzināties ar Jaunās Jeruzalemes dārgakmeņiem.

Trešajā Valstībā nav dārgakmeņu, kas pārlejas divkāršā un trīskāršā mirdzumā. Trešās valstības dārgakmeņi atšķiras ar lielāku gaismas bagātību nekā Pirmās vai Otrās Valstības akmeņi. Bet salīdzinot ar Jaunās Jeruzalemes dārgakmeņiem, pat pats lielākais un skaistākais akmens šķiet mazs un maznozīmīgs.

Ļaudis Trešajā Valstībā, mājojot ārpus piepildītās ar Dieva godību Jaunās Jeruzalemes, skatās uz to un vēl vairāk grib tur nokļūt.

«Ja es būtu parādījis vairāk uzticības Dieva namam...»
«Ja Tēvs kaut reizi būtu nosaucis manu vārdu ...»
«Ja mani ielūgtu tur kaut vēl reizi...»

Trešā Debesu Valstība ir pati skaistākā un laimīgākā vieta Debesīs, bet tā nevar līdzināties Jaunajai Jeruzalemei.

2. Kas nokļūs Trešajā Debesu Valstībā?

Kad jūs atverat savu sirdi un pieņemat Jēzu Kristu par savu personīgo Glābēju, Svētais Gars iemājo jūsos un sāk mācīt jums to, kas ir grēks, taisnība, tiesa, patiesība. Kad jūs klausāties Dieva Vārdu, atmetat ļaunumu un kļūstat sirdsskaidri, jūs ienākat stāvoklī, ko Bībele sauc par dvēseles labklājību.

Tas ir ceturtais ticības līmenis. Sasniegušie ceturto ticības līmeni dziļi mīl Dievu un ieiet Trešajā Valstībā. Ar ko īpaši atšķiras ļaudis, kuriem ir ticība, kas ļauj ieiet Trešajā Valstībā?

Kļuvuši sirdsskaidri caur visa veida ļaunuma atraidīšanu

Vecās Derības laikos ļaudis nesaņēma Svēto Garu. Tāpēc viņi

nevarēja attīrīties no grēkiem, kas dziļi aptraipīja viņu sirdis, tā kā saviem spēkiem cilvēks to nevar izdarīt. Viņi apgraizījās fiziski un, kamēr grēks neparādījās darbos, tas neskaitījās grēks. Pat, ja cilvēks bija nodomājis slepkavību, tas neskaitījās grēks, kamēr noziedzīgais plāns nebija realizēts.

Jaunās Derības laikā ticīgais Jēzum Kristum saņem Svēto Garu. Jūs neieiesiet Trešajā Valstībā, kamēr «neapgraizīsiet» sirdi, tas ir kamēr nekļūsiet sirdsskaidri. Jums to palīdzēs izdarīt Svētais Gars.

Atraidot visāda veida ļaunumu: ienaidu, iekāri, skopumu, jūs kļūsiet svēti un iesiet uz Trešo Valstību. Kāda cilvēka sirds ir svēta? Cilvēka, kam ir garīgā mīlestība, kā aprakstīts Pirmās vēstules Korintiešiem 13. nodaļā, pienesoša deviņus Svētā Gara augļus, kā teikts Vēstules Galatiešiem 5. nodaļā, kas pilda Svētības likumus no Mateja Evaņģēlija 5. nodaļas, kas līdzinās Kungam svētumā.

Tas, protams, nenozīmē, ka tāds cilvēks jau sasniedzis Kunga līmeni. Lai arī cik viņš atraidītu ļaunumu no savas sirds, cik arī viņš nebūtu attīrījies, viņš nesasniegs Dieva līmeni. Lai sirds kļūtu svēta vispirms jāsagatavo sirds augsne.

Kā zemkopis vispirms attīra un sagatavo augsni priekš sēšanas, tā arī jums vajadzīgs darīt sirdi par labu augsni izpildot to, ko saka jums Bībele. Jūs pienesīsiet labus augļus, ja sēklas būs iesētas. Bet tās var izaugt, ziedēt un dot augļus tikai ar noteikumu, ka jūs izpildāt Dieva baušļus.

Svēttapšana tā ir attīrīšanās no iedzimtā grēka un grēkiem, ko darījis pats cilvēks, ar Svētā Gara palīdzību, pēc tam, kad viņš piedzimis no augšienes, no ūdens un Svētā Gara, sācis ticēt Jēzus

Kristus izpirkšanas spēkam. Grēku piedošana ticot Jēzus Kristus asinīm atšķiras no grēcīgās dabas atraidīšanas ar Svētā Gara palīdzību caur lūgšanām un gavēšanu.

Jūs pieņēmāt Jēzu Kristu un kļuvāt par Dieva bērnu, bet tas nenozīmē, ka jūs pilnībā esat atbrīvojuši savu sirdi no grēka. Jūsos vēl aizvien ir ienaids, lepnība un līdzīgas lietas. Tāpēc ir tik svarīgi saskatīt sevī ļaunumu, klausoties Dieva Vārdu, cīnīties ar to līdz pat asiņu izliešanai (Ebr. 12:4).

Lūk, kādā veidā jūs attīrāties no grēkiem un vairojat sirdsskaidrību. Pakāpe, uz kuras jūs esat atraidījuši ne tikai miesas darbus, bet arī miesas vēlmes, ir ceturtais ticības līmenis – sirdsskaidrība.

Svētības pēc grēcīgās dabas noraidīšanas

Kas tas ir grēki pēc dabas? Tie ir grēki, kuri mums nodoti caur dzīvības sēklu no vecākiem pēc tam, kad Ādams izdarīja nepaklausību. Piemēram, mazulī, kurš nav sasniedzis pat gadu jau ir ļaunums. Kaut gan māte nav mācījusi viņu neieredzēt vai skaust, viņš sadusmosies vai pat veiks kādas ļaunas darbības, ja viņa pabaros ar krūti citu mazuli. Viņš var sākt atgrūst svešo bērnu, raudāt un kaprīzēties, kamēr tas atradīsies viņa mātes rokās.

Iemesls, kura dēļ pat zīdainis parāda ļaunas darbības, kaut gan tas viņam nav mācīts, ir tajā, ka cilvēka dabā dzīvo ļaunums. Cilvēks dara grēku, kad seko savām grēcīgajām sirds vēlmēm.

Protams, ja jūs esat attīrīti no iedzimtā grēka, tad pilnīgi acīmredzami, ka jūs atraidīsiet visus pārējos grēkus, jo grēka sakne būs iznīcināta. Tāpēc garīgā atdzimšana – tas ir svēttapšanas sākums, bet svētums tā ir pilnīga atdzimšana. Sekojoši, ja jūs esat piedzimis no augšienes, es ceru, ka jūs dzīvosiet panākumiem bagātu kristīgo dzīvi, lai kļūtu svēti.

Ja jūs patiesi vēlaties kļūt svēti un atjaunot pazaudēto Dieva līdzību, ja jūs cenšaties sasniegt to, tad jūs varēsiet atraidīt savas dabas grēkus ar Dieva svētību un spēku un ar Svētā Gara palīdzību. Es ceru, ka jūs kļūsiet līdzīgi Dieva sirdij: *«Jo ir rakstīts: esiet svēti, jo Es esmu svēts»* (1. Pēt. vēst. 1:16).

Kļuvusi svēta, bet ne līdz galam uzticīga visam Dieva namam

Dievs atļāva man būt garīgā kontaktā ar māsu, kura jau aizgājusi no dzīves un nokļuvusi Trešajā Debesu Valstībā. Viņas debesu mājas vārti izrotāti ar pērlēm, tāpēc ka viņa daudz lūdzās un raudāja. Šī uzticīgā kristiete lūdzās par Dieva Valstību, Viņa taisnību, par savu baznīcu, kalpotājiem un draudzes locekļiem.

Viņa bija nabadzīga un nelaimīga līdz satikās ar Kungu. Pieņēmusi Kungu, viņa tiecās kļūt svēta. Sākot saprast Dieva Vārdu, viņa pakļāvās patiesībai.

Viņa labi pildīja savus pienākumus, tāpēc ka tam viņu apmācīja kalpotājs, kuru ļoti mīl Dievs. Viņas uzticība ļāva viņai iegūt godājamu un ļoti cienījamu vietu Trešajā Valstībā.

Mirdzošais dārgakmens no Jaunās Jeruzalemes būs novietots viņas mājvietas vārtos. Šo dārglietu dos viņai kalpotājs, kuram viņa kalpoja uz zemes. Viņš paņems šo dārglietu no savas debesu mājas un dāvinās viņai, kad viņu Debesīs apciemos. Tā būs zīme tam, ka kalpotājs ļoti ilgojas pēc viņas, tāpēc ka viņa nevarēja ieiet Jaunajā Jeruzalemē. Daudzi Trešajā Valstībā skatīsies uz dārgakmeni ar skaudību.

Neskatoties uz to, viņa vēl aizvien nožēlo, ka nav ieguvusi Jauno Jeruzalemi. Ja viņai būtu vairāk ticības viņa būtu kopā ar Kungu, ar kalpotāju, kuram viņa kalpoja uz zemes un citiem brāļiem un māsām no savas baznīcas nākotnē. Ja viņa uz zemes būtu nedaudz uzticamāka, viņa ieietu Jaunajā Jeruzalemē, bet savas nepaklausības dēļ viņa palaida garām viņai doto iespēju.

Viņa ir ļoti pateicīga un dziļi aizkustināta ar to, ka viņai dots gods atrasties Trešajā Valstībā. Viņa atzīst, ka pateicas Dievam par tām balvām, kuras Viņš devis, tāpēc ka nevienu viņa nav saņēmusi ar pašas nopelniem.

«Es neiegāju Jaunajā Jeruzalemē, kas piepildīta ar Tēva godību, tāpēc ka nebiju pilnīga visā. Man mājoklis – brīnišķīga māja Trešajā Valstībā. Mana māja ir milzīga un skaista. Protams, tā nav tik milzīga, kā Jaunajā Jeruzalemē, bet man dotas tik daudz fantastiski skaistas un burvīgas lietas, kādas pasaule nevar iedomāties.

Es neko neesmu izdarījusi, es neko neesmu devusi. Es neesmu izdarījusi neko, lai iepriecinātu Kungu. Bet Kunga godība šeit ir tik varena, ka es jūtu tikai nožēlu un pateicību. Es pateicos Dievam par to, ka Viņš tomēr atļāvis man atrasties tik godājamā vietā – Trešajā Valstībā.»

Mocekļi par ticību

Trešajā Debesu Valstībā ieies ļaudis, kuri ir pilnībā kļuvuši svēti un mocekļi par ticību, kas ir pienesuši kā upuri Dievam visu, ieskaitot savu dzīvību.

Agrās kristīgās draudzes locekļi, kuriem ticības dēļ, tika nocirstas galvas, kuri mesti lauvu saplosīšanai Romas Kolizejā, kurus sadedzināja. Viņi saņems mocekļa balvu Debesīs. Tajos smagajos apstākļos bija ļoti grūti neatteikties no ticības un kļūt par mocekli.

Mums apkārt daudzi neievēro Kunga Dienu vai nepilda Dievam dotos solījumus, tāpēc ka grib naudu. Ļaudis, kuri nespēj būt paklausīgi tādās mazās lietās, nekad nesaglabās ticību situācijās, kad viņu dzīvībai draudēs briesmas, nemaz nerunājot par mocekļa nāvi ticības dēļ.

Kam ir mocekļa ticība? Tie ir godīgi ļaudis ar nemainīgu sirdi, kā Daniels Vecajā Derībā. Divkosīgie, tie kas meklē savu izdevīgumu, ejošie uz kompromisu ar pasauli diez vai kļūs par ticības mocekļiem. Daniels saglabāja ticību, zinot ka par to viņu iemetīs lauvu bedrē. Viņš nenodeva patiesību, jo viņa sirds bija tīra un godīga.

Atcerēsimies Stefanu Jaunajā Derībā. Viņu līdz nāvei nomētāja ar akmeņiem par mūsu Kunga Evaņģēlija sludināšanu. Stefans bija apskaidrots ticīgais, viņš varēja lūgties par tiem, kas netaisni viņu vajāja un laupīja dzīvību. Cik ļoti droši vien viņu mīl Kungs! Viņš būs ar Kungu mūžībā, viņa gods un skaistums nav aptverams. Jums jāsaprot, ka pats galvenais kristieša dzīvē – darīt taisnību un sirdsskaidrība.

Šodien ļoti maz to, kam ir patiesa ticība. Pat Jēzus jautāja: *«Bet vai Cilvēka Dēls, kad Tas nāks, atradīs ticību virs zemes?»* (Lk. 18:8) Cik dārgi jūs būsiet Dievam, ja kļūsiet Viņa sirdsskaidrie bērni, kas glabā ticību, atraida visa veida pasaules ļaunumu, kura pilna grēka.

Es lūdzos Kunga vārdā, lai jūs nenogurstot lūgtos, ātrāk darītu svētas savas sirdis, tiektos pēc goda un balvām, kuras Dievs Tēvs sagatavojis jums Debesīs.

10. Nodaļa.

Jaunā Jeruzaleme

1. Jaunās Jeruzalemes iedzīvotāji redz Dievu vaigā
2. Kas nokļūs Jaunajā Jeruzalemē

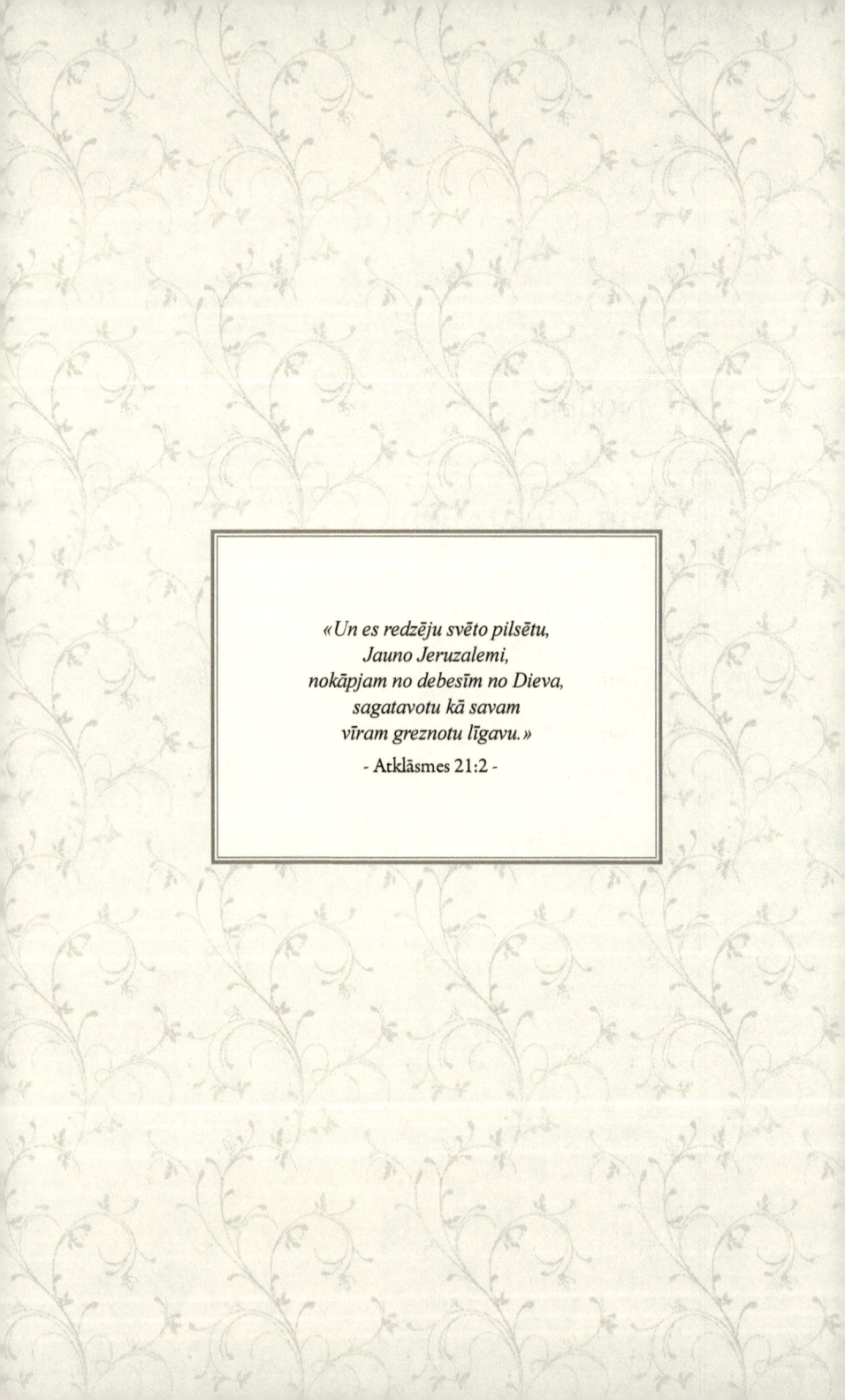

*«Un es redzēju svēto pilsētu,
Jauno Jeruzalemi,
nokāpjam no debesīm no Dieva,
sagatavotu kā savam
vīram greznotu līgavu.»*

- Atklāsmes 21:2 -

Jaunā Jeruzaleme, skaistākā vieta visās Debesīs, kas piepildītas ar Dieva godību, kur atrodas Dieva Tronis un Kunga un Svētā Gara pilis. Tur izvietotas ticīgo mājvietas, kuru stiprā un dziļā ticība bija sevišķi tīkama Dieva sirdij.

Mājokļi Jaunajā Jeruzalemē sagatavoti it kā pēc sava nākamo saimnieku vēlmēm. Tiem, kas iegājuši Jaunajā Jeruzalemē, tīrā un skaidrā kā kristāls, kuru vada mūžīgais un mīlošais Dievs, vajadzīgs ne tikai līdzināties svētā Dieva sirdij, bet arī pildīt savu pienākumu, kā Kungam Jēzum.

Kas tas ir Jaunā Jeruzaleme? Kas ieies Jaunajā Jeruzalemē?

1. Jaunās Jeruzalemes iedzīvotāji redz Dievu vaigā

Jaunā Jeruzaleme, sauktā Svētā pilsēta, sagatavota kā līgava, izgreznota priekš sava vīra. Tur visiem dots gods redzēt Dieva vaigu, jo tur atrodas Dieva Tronis.

To vēl sauc par slavas pilsētu, tāpēc ka iegājušie Jaunajā Jeruzalemē mūžīgi iegūst Dieva slavu. Tās sienas uzbūvētas no jaspida, bet pilsēta – tīra zelta, līdzīga tīram stiklam. Katra no četrām sienām – ziemeļu, dienvidu, austrumu un rietumu ir ar trīs vārtiem. Vārtus apsargā eņģeļi. Pilsētas pamatos ir divpadsmit dažādu dārgakmeņu.

Divpadsmit Jaunās Jeruzalemes pērļu vārti

Kādēļ divpadsmit Jaunās Jeruzalemes vārti izgatavoti no

pērles? Priekš tā, lai gliemežnīcā izveidotos tikai viena pērle, tā atdod visus savus dzīvības spēkus. Šis process aizņem daudz laika. Tāpēc arī jums vajadzīgs noraidīt grēkus, cīnīties ar tiem līdz asiņu izliešanai, parādīt uzticību Dievam līdz pat nāvei, būt izturīgiem un sirdsskaidriem. Dievs radīja pērļu vārtus tāpēc, ka jūs pārvarējāt savus apstākļus ar prieku, esat tikuši galā ar visiem jums Dieva uzliktajiem pienākumiem, kaut arī jums nācās iet pa šauro ceļu.

Kad izglābtais ticīgais, ieiet Jaunajā Jeruzalemē ejot cauri pērļu vārtiem, viņš raud aiz prieka un saviļņojuma. Viņš dod visu slavu un pateicību Dievam, kurš atvedis viņu uz Jauno Jeruzalemi.

Vai jūs zināt, kāpēc Dievs ielicis pilsētas pamatos divpadsmit dārgakmeņus? Divpadsmit dārgakmeņu nozīmes kombinācija parāda Kunga un Tēva sirds simbolu.

Jums pienāktos saprast katra dārgakmeņa garīgo nozīmi un censties sasniegt tā garīgo jēgu savā sirdī. Es izstāstīšu par to sīkāk grāmatā *«Debesis II: Piepildīta ar Dieva Godību.»*

Jaunās Jeruzalemes mājas ir pilnīgas un daudzveidīgas

Pēc izmēra un varenības mājas atgādina pilis. Katra atbilst tās īpašnieka gaumei. Spožums un daudzkrāsains mirdzums, kas nāk no dārgakmeņiem, rada neatkārtojamu slavas atmosfēru, kuru nevar izteikt vārdiem.

Skatoties uz katru māju, visi uzreiz saprot, kas tajā dzīvo. Dārgakmeņu rotājumi un katras mājas slava parāda, cik dziļi šo cilvēku iemīlējis Dievs, kamēr viņš vēl bija uz zemes.

Piemēram, uz mocekļa par ticību mājas būs uzrakstīts, kāda bija šī cilvēka sirds, cik uzticīgi viņš kalpojis Dievam. Uz mirgojošas zelta plāksnītes būs izgravēti sekojoši vārdi: «Šī nama īpašnieks mira mocekļa nāvē par ticību un piepildīja Tēva gribu. Datums, mēnesis, gads.»

Spožā gaisma, kas nāk no zelta plāksnītes, uz kuras sarakstīti mājas saimnieka ticības uzvaras varoņdarbi, būs redzama jau no mājas vārtiem. Katrs, kas izlasīs, paklanīsies. Mocekļa nāve – liels gods un balva, tā ir Dieva lepnums un prieks.

Debesīs nav ļaunuma, tāpēc ļaudis patiesi parāda cieņu un noliec galvu to priekšā, kurus īpaši mīl Dievs. Kā uz zemes cilvēku sasniegumus atzīmē ar atzinības grāmatām, tā arī debesīs Dievs pasniegs speciālas grāmatas, lai pagodinātu tos, kas pagodinājuši viņu. Šo grāmatu aromāts un gaisma arī būs atšķirīgs.

Debesu mājokļos Dievs apgādās katru ar tādu ierīci, kura dos iespēju ļaudīm redzēt atmiņas par savu dzīvi uz zemes. Protams, tur būs kaut kas līdzīgs televīzijai, ar kuras palīdzību jūs varēsiet redzēt pagātnes notikumus.

Zelta vainags un taisnības vainags

Tiem, kas ieies Jaunajā Jeruzalemē, būs doti personīgie nami un zelta vainagi vai taisnības vainagi, atbilstoši to darbiem.

Dievs personīgi uzliek zelta vainagus uz to galvām, kas ieies Jaunajā Jeruzalemē. Apkārt Dieva Tronim stāv divdesmit četri vecajie zelta vainagos.

«Ap goda krēslu divdesmit četri krēsli, krēslos sēdēja divdesmit četri vecaji, apģērbti baltās drēbēs, viņiem galvā zelta vainagi» (Atklāsmes 4:4).

Šeit «vecaji» – nav baznīcas vecajo vai mācītāju tituls. Tā tiek saukti taisnie un Dieva atzītie. Viņi šķīstījuši savas sirdis un iegājuši svētnīcā. «Sirdsskaidrie» – nozīmē, kļuvuši garīgi un pilnībā atvairījuši visāda veida ļaunumu. «Iegājuši svētnīcā» – nozīmē, izpildījuši uz zemes viņiem uzliktos pienākumus.

Skaits «divdesmit četri» – apzīmē visus iegājušos caur glābšanas vārtiem – kā divpadsmit Izraēla ciltis un svēttapušos – kā divpadsmit Kunga Jēzus mācekļus. Tāpēc divdesmit četri vecajie – tas ir Dieva bērni, Dieva atzīti un uzticīgi visam Dieva namam.

Tie, kuriem ir ticība līdzīga zeltam, kas nekad nemainās, saņems zelta vainagus. Tie, kas ar nepacietību gaida Kunga atnākšanu, kā apustulis Pāvils, saņems taisnības vainagu.

«Atliek man tikai saņemt taisnības vainagu, ko mans Kungs, taisnais tiesnesis, dos man viņā dienā, un ne tikvien man, bet arī visiem, kas ir iemīlējuši Viņa parādīšanos» (2. Vēst. Tim 4:7-8).

Kunga parādīšanos gaidošie dzīvo gaismā un patiesībā, viņu trauki būs labi sagatavoti, viņi būs kā līgava, greznota savam līgavainim.

Viņi saņems attiecīgus vainagus. Apustulis Pāvils nebaidījās vajāšanu un grūtību, viņš vienmēr centās paplašināt Dieva Valstību un meklēja Viņa taisnību visā ko darīja. Viņš parādīja Dieva slavu ar grūtībām un pacietību. Tāpēc Dievs sagatavoja viņam taisnības vainagu. Dievs dos tādu vainagu visiem, kas ar mīlestību gaida Kunga atnākšanu.

Sirds vēlmju piepildīšana

To, kas jums vairāk par visu patīk šeit uz zemes, bet ko jūs atdevāt Dievam, Dievs atgriezīs jums brīnišķīgu balvu veidā Jaunajā Jeruzalemē.

Tāpēc debesu mājokļos ir tas, ko jums tik ļoti gribētos. Ja jums gribas vizināties laivā, pie mājas būs laiva. Mīlat pastaigāties pa mežu – blakus jūsu mājai obligāti būs mežs. Kādam sagribēsies sēdēt savā dārza ēnā pie tējas galdiņa un vadīt patīkamas sarunas ar mīļotajiem, jums tas būs. Tur būs mājas ar tām piegulošiem zālājiem, kur var pastaigāties starp puķēm un dziedāt kopā ar putniem un dzīvniekiem.

Dievs novietojis jūsu debesu mājā visu, ko jums tā gribējās uz zemes, nepalaižot garām nevienu sīkumu. Cik dziļi aizkustināta būs jūsu sirds, kad jūs ieraudzīsiet to, ko ar lielu gādību sagatavojis jums Dievs!

Ieiet Jaunajā Jeruzalemē – jau ir liels prieks un laime. Jūs mūžīgi dzīvosiet nemainīgā laimes, slavas un skaistuma stāvoklī. Lai arī kurp jūs nevērsīsiet savu skatu, jums priekšā pavērsies Dieva prieks un mīlestība.

Miers, komforts, drošība Jaunajā Jeruzalemē būs ap ļaudīm, jo Dievs radījis šo vietu saviem mīļajiem bērniem.

Lai arī ko jūs darītu, pastaigātos, atpūstos, spēlētos, ēstu, sarunātos – jūs būsiet laimīgi un priecīgi. Koki, puķes, zāle un dzīvnieki Debesīs izrāda mīlestību. Jūs sajutīsiet slavu, varenumu nākošo no piļu sienām, rotājumiem un no visa, kas atrodas mājās.

Jaunajā Jeruzalemē mīlestība pret Dievu Tēvu līdzinās mūžīgās laimes, pateicības un prieka avotam, kurš pastāvīgi piepilda jūs ar šīm jūtām.

Vaigu vaigā ar Dievu

Jaunajā Jeruzalemē, vietā, kas piesātināta ar slavu, skaistumu un laimi jūs varēsiet satikties ar Dievu vaigu vaigā, varēsiet pastaigāties un sarunāties ar Kungu un pavadīt mūžību ar saviem mīļotajiem.

Eņģeļi, debesu karapulks un ļaudis patiesi mīlēs jūs. Jūsu personīgie eņģeļi apkalpos jūs kā ķēniņus, piepildīs jūsu vēlmes un apmierinās visas jūsu vajadzības. Sagribēsiet palīdot – jūsu rīcībā personīgais automobilis no mākoņa.

Ja jūs ieiesiet Jaunajā Jeruzalemē, jūs satiksieties ar Dievu vaigu vaigā, būsiet kopā ar saviem mīļotajiem, visas jūsu vēlēšanās būs piepildītas. Jūs gaida pasakaina dzīve mūžībā.

Mielasti Jaunajā Jeruzalemē

Mielasti Jaunajā Jeruzalemē būs rīkoti vienmēr. Reizēm mielastu dos Tēvs, reizēm Kungs vai Svētais Gars. Tādos mielastos visi dalībnieki īpaši jūt debesu dzīves prieku, pārpilnību, brīvību un greznumu, viņi izbauda pašu gardāko pārtiku un dzērienus.

Brīnišķīga mūzika, slavēšana un dejas dāvās jums īpašu apmierinājumu. Jūs ieraudzīsiet, kā dejo eņģeļi, varēsiet tiem pievienoties un dejot Dieva priekšā. Eņģeļi prot dejot daudz labāk par ļaudīm, bet Dievs mīl Dieva bērnu taisno siržu labo smaržu.

Tie no jums, kas draudžu dievkalpojumos slavējuši Dievu, kalpos arī debesu mielastos, kuri kļūs no tā vēl lieliskāki.

Kurš slavējis Dievu ar dziedāšanu, dejošanu un mūzikas

instrumentu spēlēšanu, to darīs arī debesu mielastos. Jūs apģērbsiet bezsvara tērpu ar debesu zīmējumu, brīnišķīgu vainagu rotātu ar mirdzošiem dārgakmeņiem.

Eņģeļu pavadībā jūs atbrauksiet uz mielastu automobilī no mākoņa vai zelta furgonā. To iedomājoties, jūs sevī jūtat, kā sirds sitas no prieka un gaidām?

Svētki uz ūdens

Klusu šalc skaidrie kā kristāls, debesu jūras ūdeņi. Jūras zivis, ieraugot jūsu tuvošanos, sveicina jūs ar spurām un izrāda jums savu mīlestību. Daudzkrāsainie koraļļi pie katras viļņošanās mirdz un pārlejas ar brīnumainu gaismu.

Kāds brīnišķīgs skats! Jūrā daudz mazu salu un katra ir ļoti skaista. Jūras kuģi, līdzīgi «Titānikam», kursē pa jūru – tur arī notiek svētki un mielasti.

Uz šiem kuģiem ir viss nepieciešamais tam, lai ļaudis varētu atpūsties un patīkami pavadīt laiku: ērtas kajītes, boulings, peldbaseini, balles zāles.

Iedomājaties visus svētkus, kas sagaida jūs debesu kruīzu kuģos, kas izgreznoti ievērojami lieliskāk par pašiem greznākajiem kruīziem uz zemes, kur jūs būsiet kopā ar Kungu un jūsu mīļajiem – tas būs milzīgs prieks.

2. Kas nokļūs Jaunajā Jeruzalemē

Tie, kuru ticība līdzīga zeltam, kas ar nepacietību gaida Kunga parādīšanos, kas sagatavojies kā Kunga līgava, ieies

Jaunajā Jeruzalemē. Kādam jāķļūst cilvēkam, lai ieietu Jaunajā Jeruzalemē, skaidrā un brīnišķīgā kā kristāls un piepildītā ar Dieva svētību?

Ļaudis, kam ir ticība, patīkama Dievam

Jaunā Jeruzaleme – vieta tiem, kas sasnieguši piekto ticības līmeni. Viņi ne tikai sirdsskaidri, bet nodemonstrējuši uzticību visam Dieva namam.

Dievs grib izpildīt tādu cilvēku lūgumus un vēlmes, tāpēc ka viņu ticība Viņam tīkama un pilnībā Viņu apmierina.

Kā patikt Dievam? Es jums to parādīšu ar piemēru. Pieņemsim, tēvs atgriežas no darba un saka saviem diviem dēliem, ka grib dzert. Pirmais dēls, zinot tēva gaumi, atnes viņam glāzi limonādes. Viņš tāpat apsēdina viņu krēslā, izmasē viņam plecus, cenšoties radīt tēvam komfortablus apstākļus atpūtai, kaut tēvs nebija viņam to prasījis.

Otrais dēls atnes glāzi ūdens un uzreiz aiziet uz savu istabu. Atbildiet, kurš no dēliem vairāk izdarīja tēvam pa prātam?

Kurš saprot tēva sirdi? Lai arī dēls, kurš padeva glāzi ūdens, izpildīja tēva lūgumu, pirmais dēls sagādāja tēvam lielāku apmierinājumu, jo izdarīja vairāk par to, ko no viņa sagaidīja.

Starpība starp tiem, kas ieies Trešajā Debesu Valstībā un tiem, kas ieies Jaunajā Jeruzalemē, ir tajā, ka pēdējie iepriecinās Dieva Tēva sirdi un parādīs uzticību Tēva gribai.

Gara pilnība un Kunga sirds

Ticība, kura patiešām patīk Dievam, piepilda ļaudis ar

patiesību. Tādi ticīgie kļūst uzticīgi visam Dieva namam. Uzticība Dieva namam nozīmē kalpošanu, kas pārsniedz tikai savu pienākumu izpildīšanu. Tā ir kalpošana ar Paša Kristus ticību, kurš bija paklausīgs Dievam līdz pat nāvei, neraizējoties par savu dzīvību.

Tāpat tie, kas parāda uzticību visam Dieva namam, rīkojas ne pēc saviem apsvērumiem vai saprašanas, bet tikai sekojot Kunga norādījumiem. Pāvils raksta Vēstulē Filipiešiem 2:6-7:

«Kas Dieva veidā būdams, neturēja par laupījumu līdzināties Dievam, bet sevi iztukšoja, pieņemdams kalpa veidu, tapdams cilvēkiem līdzīgs.»

Viņš bija paklausīgs līdz nāvei, lai izpildītu Dieva gribu. Par to Dievs paaugstināja Viņu, deva Viņam vārdu augstāku par visiem vārdiem, pagodinot nosēdināja Viņu blakus Dieva Tronim un devis Viņam varu būt par ķēniņu Ķēniņu un kungu Kungu.

Tāpat kā Jēzum, jums vajag pilnībā pakļauties Dieva gribai, tad parādīsies jūsu ticība, ar kuru jūs ieiesiet Jaunajā Jeruzalemē. Jaunā Jeruzalemē ieies tikai tas, kas saprot Dieva sirdi. Tāds cilvēks patīk Dievam, jo Viņš izpilda Dieva gribu, pat par savas dzīvības cenu.

Dievs attīra savus bērnus, ved tos pa tādu ceļu, lai to ticība kļūtu kā zelts, lai viņi iegūtu Jauno Jeruzalemi. Kā meklētāji zelta raktuvēs ilgi mazgā iežus, kamēr neparādās zelts, tā Dievs vēro savus bērnus, seko tam, kā izmainās viņu dvēseles, kā viņi mazgājas no saviem grēkiem ar Viņa Vārdu. Kad Viņš atrod bērnus ar zelta ticību, Viņš priecājas, jo neskatoties uz ciešanām un mokām, vilšanos un sāpēm, Viņš sasniedzis cilvēka attīstības mērķi.

Tie, kas ieiet Jaunajā Jeruzalemē – Viņa patiesie bērni. Viņš ilgi gaidīja, kamēr viņi izmainīsies, iegūs Kunga sirdi un gara pilnību. Viņi ir dārgi Dievam, Viņš tos mīl. Tāpēc Pirmajā vēstulē Tesalonikiešiem 5:23 Pāvils aicina: «... *un jūsu gars, dvēsele un miesa visā pilnībā, lai paliek bezvainīgi līdz mūsu Kunga Jēzus Kristus atnākšanai.*»

Ar prieku pildīt mocekļa pienākumu

Mocekļība – tā ir nāve dēļ ticības. Tas prasa no ticīgā lielu apņēmību un dziļu uzticēšanos. Piepildot Dieva gribu par ticību dzīvību atdevušais, saņems Debesu slavu.

Katrs, kas ieiet Trešajā Valstībā vai Jaunajā Jeruzalemē, ir ar mocekļa ticību, bet tas, kas kļūst par mocekli, saņems lielu pagodinājumu. Par mocekli var kļūt cilvēks, kura sirds tam ir gatava, kas sasniedzis sirdsskaidrību, pilnībā pilda savus pienākumus. Viņu gaida balva par mocekļa nāvi.

Kādreiz Dievs atklāja man kāda manas draudzes kalpotāja slavu, kuru viņš saņems Jaunajā Jeruzalemē, kad izpildīs ticības mocekļa pienākumu.

Kad viņšieies Debesīs, izpildījis pienākumu, viņš ieraudzīs savu debesu māju un sāks raudāt,aiz pateicības pret Dievu par Viņa mīlestību. Pie viņa mājas vārtiem – liels dārzs ar puķēm, kokiem un daudziem rotājumiem. No dārza uz māju izbūvēts zelta ceļš, bet puķes apdzied saimnieka sasniegumus un atspirdzina viņu ar saviem aromātiem.

Putni ar zelta apspalvojumu zaigo koku zaros. Neskaitāmi eņģeļi, dzīvnieki un putni godina mocekli un apsveic viņu. Bet, kad viņš ies pa puķu celiņiem, viņa mīlestība pret Kungu nāks no viņa ar brīnišķīgu aromātu. Viņa sirds izrāda pastāvīgu pateicību:

«Aiz mīlestības pret mani Kungs uzticējis man lielu uzdevumu! Tagad Tēvs apņēmis mani ar savu mīlestību!»

Mājas interjeri izrotāti ar dārgakmeņiem: sardoniku un safīru. Sarkanais kā asinis sardoniks parāda, ka šis ticīgais, līdzīgi apustulim Pāvilam, bez nožēlas, ar dedzīgu mīlestību pret Kungu atdevis savu dzīvību. Safīrs simbolizē nemainīgo, taisno sirdi, uzticību patiesībai līdz pašai nāvei. Šie akmeņi iemūžina mīlestību.

Uz mājas sienām no ārpuses ar Dieva roku uzrakstīti visi šī cilvēka dzīves notikumi: kad viņš kļuvis par mocekli, kādos apstākļos viņš izpildīja Dieva gribu. Kad ticīgie kļūst par mocekļiem, viņi slavē Dievu un saka slavas vārdus. Šie vārdi uzrakstīti uz sienas. Uzraksts mirgo slavā, izplatot pateicību un laimi. Cik diženi tas, ko raksta Dievs! Katrs ienākošais mājā paklanās šī Dieva rokas izdarītā uzraksta priekšā!

Gar viesistabas sienām uzkārtas freskas. Zīmējumos attēlots, kā šis cilvēks izturējās no tā laika, kad satikās ar Kungu, kādus darbus darīja, kāda bija viņa sirds.

Vienā dārza stūrī novietots liels daudzums sporta piederumu, izgatavotu no brīnumainiem, ne šīs zemes materiāliem. Dievs radīja šo aprīkojumu, lai mierinātu un iepriecinātu ticīgo, kas atteicās no sporta, kalpošanas vārdā. Hanteles izgatavotas ne no tērauda vai kaut kāda metāla, kā uz zemes, tās izveidotas īpašā veidā un izrotātas īpaši. Apbrīnojami, ka tās maina svaru atkarībā no tā, kas ar tām trenējas. Tāds aprīkojums radīts ne priekš tā, lai uzturētu cilvēku formā, bet kā suvenīrs, kā komforta avots.

Kā viņš pieņem visu to, ko Dievs sagatavojis viņam? Viņam vajadzēja atstāt visas savas nodarbības Kunga vārda dēļ, bet tagad viņa sirds nomierināta. Viņš ir ļoti pateicīgs Dievam Tēvam par Viņa mīlestību.

Viņš nevar apturēt laimes asaras, jo maigā un mīlošā Dieva sirds sagatavojusi viņam visu, ko viņš tikai varētu vēlēties, neizlaižot nevienu sīkumu.

Pilnā vienotībā ar Kungu un Dievu

Jaunajā Jeruzalemē Dievs parādīja man māju, kas pēc izmēra līdzinās pilsētai. Es biju pārsteigts par mājas izmēru, skaistumu un varenību.

Milzīgajā mājā es ieraudzīju divpadsmit vārtus – pa trīs uz ziemeļiem, dienvidiem, austrumiem un rietumiem. Centrā – pils ar trīs stāviem, izrotāta ar tīru zeltu un dažādiem dārgakmeņiem.

Pirmajā stāvā izvietota milzīga halle un daudz viesistabu. Tās tiek lietotas priekš banketiem un tikšanās ar draugiem. Otrā stāva istabās glabājas vainagi, drēbes un suvenīri. Tur ir istaba praviešu pieņemšanai. Trešā stāva istabās mājas saimnieks satiekas ar Kungu.

Pili ieskauj sienas apaugušas brīnišķīgām puķēm. Puķes izplata smalku un patīkamu aromātu. Dzīvības ūdens upe mierīgi plūst apkārt pilij.

Virs upes karājas arkveida tilti no mākoņiem varavīksnes krāsās. Pils skaistumu vēl papildina pieguļošais parks ar puķēm un kokiem, un milzīgais mežs, kas plešas aiz upes.

Tur ir izklaižu parks. Atrakcijas izgreznotas ar dārgakmeņiem. Kad šūpoles – karuseļi kustās, tad viss pārklājas ar mirdzošu daudzkrāsainu gaismu. No izklaižu parka plats puķu ceļš ved jūs uz pļavu, kur mierīgi rotaļājas un ganās dzīvnieki. Apkārt šai mājai izvietotas citas mājas un būves, tās visas grezni rotātas un mirgo noslēpumainā gaismā. Blakus dārzam ir ūdenskritums, bet aiz pakalniem redzama jūra, pa kuru peld kruīzu kuģis, līdzīgs «Titānikam.» Iedomājieties, viss tas pieder vienam namam.

Lūk, kādas lielas mājas ir Jaunajā Jeruzalemē. Šī māja visdrīzāk līdzinās veselai pilsētai, un ir tūrisma vieta Debesīs un pievelk daudzus ne tikai no Jaunās Jeruzalemes, bet arī no visām debesīm. Ļaudis saņem šeit apmierinājumu un dalās Dieva mīlestībā. Neskaitāmi eņģeļi kalpo mājas saimniekam, rūpējas par ēkām un būvēm, pavada automobili no mākoņa, slavē Dievu ar mūziku un dejām. Šeit viss ir sagatavots priekš mūžīgas laimes un komforta.

Dievs sagatavojis šo māju cilvēkam, kas izgājis caur pārbaudījumiem ar ticību, cerību un mīlestību, un pievedis daudz ļaužu uz glābšanas ceļa ar dzīvības vārdu, demonstrējot Dieva spēku, mīlot Dievu augstāk par visu.

Mīlestības Dievs atceras jūsu kalpošanu un asaras, un apbalvos jūs pēc jūsu darbiem. Viņš vēlas, lai caur upurējošo mīlestību mēs savienotos ar Viņu un Kungu, un kļūtu garīgi darbinieki glābšanas darbā.

Tie, kam ir Dievam tīkama ticība var savienoties ar Dievu un Kungu pašuzupurējošā mīlestībā, tāpēc ka viņi savās sirdīs kļuvuši līdzīgi Kungam, saņēmuši Gara pilnību un gatavi atdot savu dzīvību par ticību. Viņi patiesi mīl Dievu un Kungu. Pat, ja nebūtu Debesu, viņi nenožēlotu to ko zaudējuši uz zemes. Tāpēc ka pildīt Dieva Vārdu un strādāt priekš Kunga ir priecīgi un patīkami.

Protams, patiesi ticīgie dzīvo ar cerību saņemt no Kunga balvas Debesīs, kā apsolīts Vēstulē Ebrejiem 11:6: «*Bet bez ticības nevar patikt. Jo tam, kas pie Dieva griežas, nākas ticēt, ka Viņš ir un ka Viņš tiem, kas Viņu meklē, atmaksā.*» Vēl vairāk, viņiem nav svarīgi, ir Debesis vai nav, ir balvas vai nav, tāpēc ka eksistē kaut kas vērtīgāks. Viņi ir laimīgi, ka satiks Dievu Tēvu un Kungu. Nesatikties ar Dievu Tēvu un Kungu – priekš viņiem lielāka nelaime un bēdas, nekā nesaņemt balvas un mājokļus.

Tie, kas demonstrē nedziestošu mīlestību pret Dievu un Kungu, atdodot par ticību dzīvību, pat ja laimīgā debesu dzīve neeksistētu, savienoti ar Tēvu un Kungu, savu Līgavaini pašuzupurējošā mīlestībā.

Apustulis Pāvils, kas slāpa pēc Kunga atnākšanas un daudz pārcieta kalpojot, pievedot dvēseles pie glābšanas, atzinās:

«*Tāpēc es esmu pārliecināts, ka ne nāve, ne dzīvība,
ne eņģeļi, ne varas, ne lietas esošās, ne nākamās,
ne spēki, ne augstumi, ne dziļumi, ne cita kāda
radīta lieta mūs nevarēs šķirt no Dieva mīlestības,
kas atklājusies Kristū Jēzū, mūsu Kungā!*» (Vēstulē Romiešiem 8:38-39)

Jaunā Jeruzaleme – vieta, kur sapulcēsies Dieva bērni savienoti ar Dieva Tēvu tieši ar tādu mīlestību. Jaunā Jeruzaleme brīnišķīga kā kristāls, kur valda neiedomājama laimes un prieka pārpilnība, sagatavota ticīgajiem.

Mīlošais Dievs Tēvs vēlas, lai katrs varētu ne tikai iegūt glābšanu, bet arī ieietu Jaunajā Jeruzalemē, sirdī kļuvuši līdzīgi svētajai un pilnīgajai Kunga sirdij.

Es lūdzos Kunga vārdā, lai jūs saprastu, ka Kungs, uzgājušais Debesīs sagatavot jums mājokļus, drīz atgriezīsies. Saņemiet Gara pilnību, glabājiet sevi bez netikumiem, kļūstiet brīnišķīga līgava. Es lūdzos, lai katrs varētu teikt: «Tiešām, nāc, Kungs Jēzu!»

Autors –
dr. Džejs Roks Lī.

Dr. Džejs Roks Lī piedzimis 1943. gadā Muanas pilsētā, Džeonnas provincē, Korejas Republikā. No divdesmit četru gadu vecuma dr. Lī cieta no dažādām nedziedināmām slimībām un septiņus gadus dzīvoja gaidot nāvi, bez kādas cerības uz izveseļošanos. Taču vienreiz, pavasarī 1974. gadā, māsa atveda viņu uz baznīcu, kur viņš nokrita uz ceļiem un lūdzās, un Dzīvais Dievs momentā dziedināja viņu no visām viņa slimībām.

No tās minūtes, kā dr. Lī satikās ar Dzīvo Dievu, viņš patiesi iemīlēja Viņu no visas savas sirds, un 1978. gadā bija aicināts kalpot Dievam. Viņš cītīgi lūdzās, lai skaidri saprastu Dieva gribu, pilnībā pildītu to un paklausītu katram Dieva vārdam. 1982. gadā viņš dibināja Centrālo baznīcu «Manmin», Seulas pilsētā (Korejā) un no tā momenta neskaitāmi Dieva darbi, ieskaitot brīnumainas izdziedināšanas un Dieva zīmes, bija parādītas šajā draudzē.

1986. gadā dr. Lī saņēma roku uzlikšanu mācītāja kalpošanai ikgadējā Korejas Asamblejā, Kristus baznīcā Singkuolā, bet vēl pēc četriem gadiem 1990. gadā, viņa svētrunas sāka translēt Tālo Austrumu raidkompānijas. Āzijas raidkompānijas un Vašingtonas Kristīgās radiostacijas Austrālijā, Krievijā, Filipīnās un daudzās citās valstīs.

Pēc trim gadiem 1993. gadā žurnāls «Christion World» (ASV) ievietoja Centrālo baznīcu «Manmin» piecdesmit labāko pasaules baznīcu sarakstā; Kristīgās ticības koledža Floridas štatā (ASV) piešķīra dr. Lī gada doktora pakāpi evaņģelizēšanā; bet 1996. gadā Kingsvejas Teoloģiskais Seminārs (Aiovas štatā, ASV) piešķīra viņam doktora pakāpi.

No 1993. gada dr. Lī novadījis evaņģelizācijas dievkalpojumus Izraēlā, ASV, Tanzānijā, Argentīnā, Ugandā, Japānā, Pakistānā, Kenijā, Filipīnās,

Hondurasā, Indijā, Krievijā, Vācijā un Peru, kļuvis par līderi pasaules misijas darbā. 2002. gadā par viņa pūlēm sludināt daudzos iespaidīgos apvienotos kristiešu festivālos, pazīstama kristiešu avīze Korejā nosauca viņu par pasaules mēroga mācītāju.

Pēc 2016. gada datiem Centrālās baznīcas «Manmin» locekļu skaits jau pārsniedza simts tūkstoš cilvēku. Vairāk kā desmit tūkstoš baznīcu filiāļu ir nodibinātas visā pasaulē – kā Korejā, tā arī aiz robežām; dotajā brīdī vairāk kā 102 baznīcas misionāri strādā 23 valstīs, ieskaitot ASV, Krieviju, Vāciju, Kanādu, Japānu, Ķīnu, Franciju, Indiju, Keniju un daudzās citās valstīs.

Šīs grāmatas publikācijas laikā dr. Lī bija uzrakstījis vairāk kā 100 grāmatas, ieskaitot tādus bestsellerus, kā «*Atklāsmes par Mūžīgo Dzīvi uz Nāves Sliekšņa*», «*Mana Dzīve, Mana Ticība*» *(1 un 2)*, «*Vārds par Krustu*», «*Ticības Mērs*», «*Debesis*» *(1 un 2)*, «*Elle*» un «*Dieva Spēks*.» Viņa grāmatas bija tulkotas 75 pasaules valodās.

Viņa raksti par kristīgās ticības tēmu tiek publicēti sekojošos periodiskajos izdevumos. *The Hankook Ilbo, The JoongAng Daily, The Chosun Ilbo, The Dong-A Ilbo, The Munhwa Ilbo, The Seoul Shinmun, The Kyunghyang Shinmun, The Korea Economic Daily, The Korea Herald, The Shisa News* un *The Christian Press*.

Pašlaik dr. Lī ir galvenais vadītājs daudzām misionāru organizācijām un asociācijām. Viņš, daļēji, ir galvenais Apvienotās Jēzus Kristus svētuma baznīcas padomē, Starptautiskais Manmin misionāru organizācijas prezidents, «Globālā kristīgā tīkla» (GCN), «Vispasaules ārstu – kristiešu apvienības» (WCDN), Starptautiskās Manmin semināra (MIS) dibinātājs un priekšsēdētājs.

Citas spilgtākās šī autora sarakstītās grāmatas.

Debesis II

Ielūgums uz svēto pilsētu Jeruzalemi, divpadsmit vārtiem, kuri izgatavoti no zaigojošām pērlēm un, kuras apžilbinoši mirdz, līdzīgi pašiem vērtīgākajiem dārgakmeņiem, atrodoties bezgalīgo Debesu vidū.

Vārds par Krustu

Tiešām atmodinošs vēstījums visiem, kas atrodas garīgā snaudā. Izlasot šo grāmatu, jūs uzzināsiet, kāpēc Jēzus ir Vienīgais Glābējs un iepazīsiet patieso Dieva mīlestību.

Elle

Nopietns vēstījums cilvēcei no Dieva, Kurš negrib, lai pat viena dvēsele atrastos elles dzelmē! Jūs atklāsiet sev līdz šim nezināmas lietas par nežēlīgo zemāko kapu un elles realitāti.

Gars, Dvēsele un Miesa I & II

Caur garīgo izpratni par garu, dvēseli un miesu, kas ir cilvēka komponenti, lasītāji varēs izprast savu „es" un saņemt priekšstatu par pašu dzīvi. Šī grāmata parāda lasītājam īsāko ceļu, lai kļūtu par „Dievišķās dabas līdzdalībniekiem" un saņemtu visas Dieva apsolītās svētības.

Ticības mērs

Kādas mājvietas un kādi vainagi un balvas sagatavotas mums Debesīs? Šī grāmata satur gudrību un pamācības, kas nepieciešamas tam, lai izmērītu savu ticību un izaudzētu to līdz pilnīga brieduma mēram.

Mosties, Izraēla!

Kāpēc Dievs rūpējas par Izraēlu no sākuma laikiem līdz pat šai dienai? Kādus pēdējo dienu notikumus Dievs sagatavojis Izraēlai, gaidošai Mesiju?

Mana Dzīve, Mana Ticība I & II

Dzīve, kas uzplauka pateicoties ne ar ko nesalīdzināmai Dieva mīlestībai, drūmu viļņu vidū, zem nastas smaguma un dziļa izmisuma un izplata pašu labāko garīgo aromātu.

Dieva spēks

Grāmata, kuru nepieciešams izlasīt, satur svarīgas pamācības par to, kā iegūt patiesu ticību un sajust brīnišķīgo Dieva spēku.

www.urimbooks.com

www.ingramcontent.com/pod-product-compliance
Lightning Source LLC
LaVergne TN
LVHW041704060526
838201LV00043B/566